acabus

Candy Bukowski

Eine neutrale Tüte bitte

Menschen im Sexshop

Stories

acabus

Bukowski, Candy: Eine neutrale Tüte bitte. Hamburg, acabus Verlag 2019

1. Auflage
ISBN: 978-3-86282-697-1

Dieses Buch ist auch als eBook erhältlich und kann über den Handel oder den Verlag bezogen werden.
ePub-eBook: ISBN 978-3-86282-699-5
PDF-eBook: ISBN 978-3-86282-698-8

Lektorat: Emilia Kröger, acabus Verlag
Satz: Emilia Kröger, acabus Verlag
Cover: © Annelie Lamers, acabus Verlag
Covermotiv: © dule964, fotolia.com

Bibliografische Information der Deutschen Nationalbibliothek: Die Deutsche Nationalbibliothek verzeichnet diese Publikation in der Deutschen Nationalbibliografie; detaillierte bibliografische Daten sind im Internet über http://dnb.d-nb.de abrufbar.

Der acabus Verlag ist ein Imprint der Bedey Media GmbH, Hermannstal 119k, 22119 Hamburg.

---

http://www.acabus-verlag.de
Printed in Europe

Inhalt

3 Männer & Frauen auf Abwegen

4 Gruppensex für Anfänger: der Besucherschwarm

5 Echte Ausnahmetalente

6 Menschen wie du und ich

Für meine Kolleginnen und Kollegen,
die jeden Tag einen richtig guten Job machen.
Und für all die Menschen, die ihn wertschätzen
und uns ihr Vertrauen schenken.

Liebenswerte Nachhilfe für „untenrum“

Ein Gastbeitrag von Olivia Jones

Für uns St. Paulianer ist es kaum zu glauben, aber für viele Menschen sind Sexshops immer noch eine Tabuzone. Ich merke das regelmäßig bei unseren Kiez-Führungen. Da ist der Sexshop-Stop immer noch Pflichtprogramm. Und für mich ist auch das tausendste Mal, wie mein erstes Mal in der Sexualkundestunde – im doppelten Sinne:

So lustig diese Besuche auch sind, soviel auch gelacht wird, höre ich von Verkäufern und Gästen immer wieder, dass die Besuche auch pädagogisch wertvoll sind, zur Aufklärung beitragen, Hemmungen abbauen. Viele Gäste kommen wieder.

Oft habe ich mich gefragt, warum nicht längst ein Mitarbeiter per Buch aus dem Nähkästchen geplaudert hat. Aber ob es jedem so gelingen würde wie Candy Bukowski? Sie hat einen guten Blick für Geschichten und sich trotz aller Abgründe, Absurditäten und Albernheiten einen wertschätzenden Blick für die Menschen vor der Verkaufstheke bewahrt.

Ich habe jedenfalls beim Lesen oft gelacht, aber – wer hätte das gedacht – genauso viel gelernt: Das Buch ist nicht nur Nachhilfe für die Lachmuskeln, sondern auch für „untenrum“. Danke, Candy!

Olivia Jones ist der bekannteste und erfolgreichste Paradiesvogel auf St.Pauli. Trotz ihrer vielen Jobs als Gastronomin, Unternehmerin und St. Pauli ›Fremdenführerin‹ ist sie ein Star zum Anfassen geblieben. Die Grünen schickten sie als Wahlmann/-frau nach Berlin, für ihr gesellschaftspolitisches Engagement wurde sie mit dem Ehren-Pride-Award ausgezeichnet.

Das wichtigste Organ sitzt zwischen den Ohren

Ein Gastbeitrag von Lilo Wanders

„Die besten Dinge im Leben sind ja oft unten, und deshalb gehen wir jetzt ins Tiefparterre." Mit dieser Ansage führe ich meine Besuchergruppe vorbei am freundlich grüßenden Türsteher in die hell erleuchtete *Boutique Bizarre.* Seit etlichen Jahren schon zeige ich an manchen Sommersamstagen Touristen, und allen anderen, die ihn kennenlernen wollen, meinen Kiez von St. Pauli.

Ein Höhepunkt des Rundgangs ist der Abstecher in Europas größten Sexshop an der Reeperbahn. Hier findet sich auf zwei Etagen alles, was der Lust zuträglich sein kann: von der aufreizenden Corsage bis zur elektronischen Masturbationshilfe in vielerlei Formen, Farben und Größen; von Accessoires für die Fantasie von einer Nonne in Latex oder Leder, wechselnde Kunstausstellungen, von denen manche so deftig geraten, dass selbst ich erröte, bis zu Unterricht in Bondage-Techniken. Alles ist denkbar, alles ist möglich - jedem Tierchen sein Pläsierchen. Was total in Ordnung ist, solange alle Beteiligten bei klarem Verstand sind und wissen, was sie tun.

Im Basement hat mein Tourbegleiter Harry inzwischen mein Köfferchen mit ausgesuchten Sexspielzeugen auf einem Bistrotisch platziert, und ich präsentiere den Besuchern die mehr oder weniger ausgefallenen Toys, die dann von Hand zu Hand wandern dürfen. Von andächtigem Schweigen bis zu schrillen Juchzern („Den hab ich auch!") - keine Reaktion der Gäste ist vorhersehbar und ergibt sich immer aus der

Zusammensetzung der Gruppe. Schön war die Begeisterung der 86-jährigen Pastorenwitwe über ein von Batterien betriebenes Rad mit zehn Silikonzungen, die mit drei Geschwindigkeiten vorwärts, rückwärts und sogar mit Intervallschaltung rotierend die Richtung wechseln: „Jetzt zeig mir mal einen Menschen, der das alles kann!"

Harry und ich warten, bis alle Produkte wieder bei mir angelangt sind und für die nächste „Tour de Wanders" im Koffer verstaut werden können. Jetzt noch ein paar Fotos zur Erinnerung, einige Worte gewechselt mit den ausnehmend netten Verkaufskräften, und weiter geht es in die Nacht von St. Pauli …

So ist das mit meinem persönlichen Köfferchen in der *Boutique Bizarre*. Aber was viel wichtiger ist und was ich geradezu missionarisch gerne verbreite: Das wichtigste Organ sitzt zwischen den Ohren. Ich meine das Hirn, gekoppelt mit dem Mund. Sie müssen im Bett reden, reden, reden. Sagen, was gefällt, sagen, was nicht gefällt. Wünsche, Gefühle. Das ist wichtig.

„Wenn wir lieben, glauben wir entweder, wir werden nie wieder traurig sein, oder wir sind so wund, dass wir keinen Schritt mehr laufen können. Bei mir ist es immer beides. Von Sex ist die Rede, meine Lieben, mein Name ist Lilo Wanders" – mit diesem frechen Satz habe ich 1994 die erste Sendung von „Wa(h)re Liebe" im TV eröffnet und meine Überzeugung hat sich seitdem nicht verändert. Wer mich im Fernsehen gesehen hat oder heute auf der Bühne erlebt, müsste zu der Erkenntnis kommen, holla, wir können uns auch mal über Sex unterhalten. Sex ist was Schönes, Sex macht Spaß.

Und da ist es ganz wunderbar, dass mit diesem Buch auch mal jemand den großen Koffer direkt aus dem Sexshop öffnet und jeder einen tiefen Blick hineinwerfen kann. Der tut nicht weh, kann einen auf der Suche nach dem Glück aber ein gutes Stück weiterbringen. Und für all jene, die schon alles kennen: es ist doch sehr befreiend zu erfahren, dass man nicht das einzige Ferkel auf der Welt ist.

Lilo Wanders ist eine Institution in Sachen Liebe, Sex, Erotik und Partnerschaft. Schließlich flimmerte ihre TV-Show „Wa(h)re Liebe" zehneinhalb Jahre lang gespickt mit allerlei Erkenntnissen in die Wohn- und Schlafzimmer. Seitdem tourt sie mit Programmen wie „Sex ist ihr Hobby" durch die Lande.

(M)ein Bildungsauftrag bei sexuellen Intoleranzen

Ein Gastbeitrag von Eve Champagne

Wenn man in der *Boutique Bizarre* arbeitet, hat man einen harten Bildungsauftrag. Es ist unglaublich, dass jeder weiß, was er sich gerne oral an Köstlichkeiten reinschiebt. Jeder kennt seine Allergien und Intoleranzen ganz genau, aber vaginal und anal wird es düster. Leute, das ist doch eine Schande. Beides macht nicht nur satt, sondern verdammt lebendig. Und wenn euch Nüsse entweder umhauen oder anheizen, dann müsst ihr das doch wissen. Oben wie unten, hey, es ist euer Körper und euer Spaß!

Und auch wenn der Bildungsauftrag lustig klingt, er ist wirklich ernst gemeint. Wir leben und arbeiten hier auf dem Kiez, weil wir uns dafür entschieden haben. Nicht, weil wir nur spaßige Dinge mögen, täglich auf den Tischen tanzen und nichts anderes können, als Dildos unter die Leute zu bringen. Jeder hier ist ein kluger Kopf und ein Mensch mit einem großen Bedürfnis nach Freiheit. Ob wir Touristen unsere schrägsten Kiez-Ecken zeigen, im Show Club mit dem Hintern wackeln oder uns in der *Boutique Bizarre* um eure Beziehungshygiene kümmern: was wir da tun, entspricht unserer echten Überzeugung. Unserem gewählten Leben, das von dem Job kaum zu unterscheiden ist. Wir leben, was und wer wir sind. Und wenn wir euch unterhalten, stecken wir euch auch mit etwas von uns an. Mit freieren Gedanken und verwegenen Ideen. Ihr nehmt was mit vom Kiez und wir hoffen, dass immer auch ein Stück Mut dabei ist, über den eigenen Schatten zu springen und wirklich lustvoll zu leben. Mit einem Partner, drei, fünf oder als Single - völlig egal. Hauptsache, es ist genau euer Ding.

Candy Bukowski ist eine heterosexuelle, gebildete Frau, die in ihrem Buch intime Weitblicke, nicht nur zur schönsten, sondern hier auch skurrilsten Nebensache der Welt, zusammengetragen hat. Eine Hommage an die Vielschichtigkeit und das Selbstverständnis der unendlichen Spielarten der Liebe und ihrer Liebenden. Falls ihr diese noch nicht sein solltet, werdet dazu. Kaum etwas anderes könnte sich mehr für euch lohnen.

Wir sehen uns auf St. Pauli!
Eve Champagne

Eve Champagne ist Hamburgs »Queen of Burlesque«. Als Tochter eines polnischen Seemanns und einer Mutter aus gutem Hause ist sie in beiden Extremen zu Hause. Egal ob dunkle Spelunke oder schicker Yachthafen. Inzwischen ist sie nicht nur eine der schillerndsten Gastgeberinnen in »Olivias Show Club« und beliebter Kieztour-Guide, sondern wird – ganz offiziell durch die Stadt Hamburg – international als St.Pauli-Repräsentantin entsendet.

Anstatt eines Vorwortes: Jedem seinen *Thermomix*!

Ein seriöses Mittfünfziger-Paar, das seit geraumer Zeit völlig entspannt seine Runden durch den Laden dreht und interessiert guckt, steht vor der Vitrine mit den ausgestellten Fick-Maschinen. Unterschiedliche Modelle sind dort zu finden, alle funktionieren nach demselben Prinzip: Mensch kann sich davor hocken oder legen und kommt dank ausgeklügelter, motorisierter Leistung in den Genuss, sich realitätsnah durchvögeln zu lassen. Nach einiger Zeit begutachtenden Schweigens, entspinnt sich ein ruhiges Gespräch mit einigen Pausen zwischen den beiden. Die Dame macht den Anfang:

„Das ist - speziell …"

„Oh ja. Dass es so etwas gibt, hätte ich nicht vermutet."

„Es ist auf jeden Fall - bemerkenswert."

„Das Ding hat Ausdauer … da gäbe es keine Beschwerden mehr - von wegen zu schnell oder zu kurz."

„Pah. Als ob ich jemals … das Ding läuft über einen Netzstecker … das kann endlos …"

„Genau das stelle ich mir gerade vor: du und dieses Ding, bis du aufgibst."

„Na hör mal. Das ist eine Maschine. So ein kaltes Gerät kann doch niemals einen Menschen ersetzen …"

„Das, meine Liebe, hast du vom sündhaft teuren *Thermomix* auch behauptet. Und jetzt willst du ihn nicht mehr hergeben."

Herzlich willkommen im Sexshop!

Was für ein großartiges Pärchen, oder? Für diese Erlebnisse liebe ich meine Kunden. Immer und immer wieder. Völlig nebensächlich, ob die beiden nun tatsächlich auf den Geschmack an diesem sehr speziellen Spielzeug kamen, oder auch nicht. Sie sind einfach ein wundervolles Beispiel für eine offene, tolerante Lebensart. Seine Hand liegt auf ihrem Po, beide gehen liebend und humorvoll mit dem anderen um, sie sind neugierig und interessiert und haben noch Sex miteinander. Besser geht es nicht.

Der überwiegende Teil der vielen Besucher eines Sexshops gehört zu dieser sympathischen Gruppe unaufgeregter Normalos. Menschen wie du und ich, jeder nach seinem Geschmack, mit Vorlieben und Abneigungen, Gos und No-Gos. Aber alle zusammen sind glücklich im 21. Jahrhundert angekommen. Klar besucht man einen Sexshop! Warum auch nicht? Da ist es inzwischen schick und edel, das olle Schmuddel-Image gehört der Vergangenheit an. Außerdem ist doch nichts Schlimmes dabei, da geht heute doch jeder hin, oder?

Nun ja, fast alle. Darin sind sich wiederum alle einig. Eigentlich könnte der unbeschwerte, offene Umgang mit unserer Sexualität total unkompliziert sein. Wenn da nur nicht immer die anderen wären:

„Toller Laden! Nach solch einem haben wir lange gesucht. Dort wo wir herkommen, naja, da ticken die Uhren noch ganz anders. Die meisten wären fassungslos, wenn sie wüssten, womit wir uns hier so eindecken und zuhause dann Spaß haben."

„Witzig, das sagen eigentlich fast alle. Vielleicht ist es inzwischen so, dass jeder das über den anderen denkt, aber eigentlich die meisten selbst recht locker damit wären."

„Oh nein. Du kennst unser konservatives Umfeld nicht. Glaub mir, da würden Welten einstürzen. Wir sind Geschäftsleute, führen ein Familienunternehmen in einer Kleinstadt, wir können es uns nicht leisten mit Sex-Themen auch nur ansatzweise in Verbindung gebracht zu werden. Traurig, aber wahr. Dafür genießen wir unsere speziellen Hamburg-Trips umso mehr."

Nun, offen gesagt: sie kommen fast alle. Die einen, weil sie etwas Konkretes suchen oder sich beraten lassen möchten. Die anderen, weil sie gerade vorbeischlendern, Zeit für etwas Abwechslung haben oder sich inspirieren lassen möchten. Manche lieben das Ambiente und fühlen sich dabei ein wenig verwegen. Und wieder andere halten speziell dieses Haus für ein Hamburger Skurrilitäten-Kabinett oder eine Art abgefahrenes Museum und möchten zuhause etwas zu erzählen haben. Alle zwischen 18 und 90 Jahren. Minderjährige stoppen wir bereits an der Tür oder diskutieren nicht selten mit ihren Eltern, die tatsächlich der Meinung sind, ihre Begleitung würde das Jugendschutzgesetz außer Kraft setzen. Auch das kommt vor.

Unbestritten sei aber auch: Hinter der Tür eines Sexshops begegnet man einer bunten Welt voller Gegensätze. Für die einen bedeutet dieser Besuch tatsächlich immer noch die verwegene Gefahr, sich mit ganz üblen Schmuddel-Viren infizieren zu können. Andere fühlen sich nirgendwo gesünder und lebendiger, als in einem lustvollen *No-Limit*-Rahmen, der kaum einen Wunsch unerfüllt lässt.

Im breiten Mittelfeld finden sich unterhaltsame, skurrile, sehr witzige, aber auch berührende Geschichten von Menschen, die den Schritt wagen und ihrer persönlichen Lust entgegengehen. Manchmal zwei Schritte vor und einen zurück, manchmal erschrocken vorbei an einer martialisch wirkenden Vollgummimaske. Einige sind im Stechschritt wieder draußen, die meisten bleiben und entdecken orgiastische Glücksbringer, teilweise sogar eine faszinierende, neue Sexualität.

Meine Kollegen und ich begleiten jährlich hunderttausende Besucher auf dem Weg durch ihre Nächte und erfahren intime Dinge, die sie oft nicht mit anderen zu teilen bereit sind, manchmal kaum mit ihrem eigenen Partner. Wir treffen auf Menschen jeden Alters, aus allen Kulturkreisen und Gesellschaftsschichten. Wir bauen Vertrauen auf und Hemmungen ab, nehmen Scham, schenken Verständnis, lassen uns hin und wieder beschimpfen oder erfreuen uns ebenso emotionaler Dankbarkeit.

Manchmal fungieren wir als Dompteure betrunkener Kiezgruppen und, man mag es kaum glauben, oftmals sind wir diejenigen, die auf etwas mehr Niveau bestehen, wenn dem ein oder anderen Kunden die ungewohnte Umgebung allzu sehr als Einladung erscheint, endlich mal die Sau herauszulassen. Es gibt tatsächlich kaum etwas, das wir in unserem beruflichen Alltag noch nicht erlebt hätten. Eine Frage, die uns immer wieder mit verschwörerischem Blick gestellt wird und die wir guten Gewissens mit einem lachenden „JA“ beantworten können.

Schließlich geht es um nicht weniger, als um die schönste Sache der Welt. Dass sie so überhaupt keine Nebensache ist, wird sich im Laufe dieses Buches noch oft zeigen. Sex ist wichtig. Unheimlich wichtig. Er ist ein starker Kitt jeder wirklich guten Partnerschaft und Ehe, die natürlich aus sehr vielen wichtigen Bausteinen besteht. Schade nur, dass exakt diese Bausteine ihren festen Halt verlieren, wenn der Kitt bröckelt oder bereits verloren gegangen ist. Abgenutzt und vom Alltag abgetragen, das alte Spiel der Gewöhnung, die

Sollbruchstelle der Liebe, die Lieblosigkeit eben nicht akzeptiert. Das alles klingt auch ein wenig nach einer Sprechstunde beim Psychologen? Ja, ich bekenne mich schuldig. Das wird sich hier nicht ganz vermeiden lassen, weil Erlebnisse im Sexshop ganz viel mit Psychologie zu tun haben.

Liebenswerte Menschen und ihre Geschichten, berührende, schräge, wilde, zauberhafte. Menschen, für die man eine Menge Respekt empfindet und andere, deren Verhalten nur reine Höflichkeit verdient. Menschen auf der Suche, Menschen auf Abwegen. Männer und Frauen mit selbstverständlicher, positiver Sexualität. Und sehr viele, die sie längst vergessen oder noch nie wirklich entdeckt haben. Auch die Sehnsüchtigen, die Heimlichen und Hoffnungsvollen. Meine Kollegen und ich, wir kennen sie alle.

Das Schöne und Unterhaltsame ist allerdings, dass sich die große Vielfalt von Sexshop-Besuchern in unterschiedliche Typen kategorisieren lässt. Nicht bierernst, aber bei aller Individualität passt fast jeder irgendwie in eine der vielen Schubladen, aus denen uns täglich immer wieder ähnliche Erlebnisse wie lustige Springkasper entgegen hüpfen.

Der geneigte Leser wird sich selbstverständlich erst in einem der hinteren Kapitel „Menschen wie du und ich" wiederfinden. Logisch. Das ist so klar wie ein schwarzer Balken über Facebook-Nippel-Fotos. Anders sind vorwiegend die anderen. Sie können also völlig beruhigt sein und sich entspannt zurücklehnen, während Sie über all die anderen schmunzeln.

Was ich Ihnen leider nicht bieten kann, ist eine neutrale Tüte. Weil es nichts zu verstecken gibt. Nichts, wofür man sich schämen müsste. Es ist keine Peinlichkeit, Sex-Toys zu kaufen, zu besitzen, zu nutzen. Im Gegenteil: Oftmals ist es die beste Idee, die man für sich selbst und/oder seinen

Partner haben kann. Auch diesen Beweis wird dieses Buch antreten. Es ist nur peinlich, darüber zu lachen oder sich damit verstecken zu wollen.

Keine neutrale Tüte. Wir sind diskret, aber wir verstecken uns nicht. Weil wir unsere edlen Tragetaschen ebenso gut finden wie den Job, den wir hier machen. Nicht in irgendeinem kleinen, unscheinbaren Hinterzimmer-Kabuff. Sondern in der *Boutique Bizarre,* dem größten und namhaftesten Erotik-Kaufhaus Europas. Strahlend weiß und hell erleuchtet, mitten auf der Reeperbahn: im Herzen von St. Pauli.

Fühlen Sie sich herzlich eingeladen, einige kurzweilige Stunden hier zu verbringen und in durchweg wahren Geschichten zu stöbern. Denn auch wenn Lust und Sex es auf der Liste der beliebtesten Freizeitbeschäftigungen ganz weit nach oben geschafft haben, gar nicht so wenige Menschen im Sexshop befinden sich in einer Extremsituation. Für viele scheint das immer noch ungeheuer spannend oder beschämend zu sein. Und dann gibt es noch die, die es sehr viel Überwindung kostet ihren bewussten Plan umzusetzen, das sind fast die Liebenswertesten. Diese Menschen gibt es. Mehr als man denkt, und mit Plänen, die es in sich haben.

1

Singles, Aufreißer & echte Hoffnungsträger

1.1

Von Porno-Ping-Pong, Sex-Shop-Bingo und anderen Wirrungen

Wer würde sich besser für einen ersten Gang durch den Sexshop anbieten als die wahrhaftig Verwegenen, die ungebundenen Super-*Tinder*-Singles, die totalen Hoffnungsträger für den künftigen Beziehungsmarkt schlechthin?

Die einen suchen, die anderen lassen sich lieber finden, manche grasen die gesamte, weite Wiese der ungebundenen Möglichkeiten ab und finden dennoch kaum ein grünes Blatt, das ihnen lecker genug erscheint, um nicht schon wieder paralysiert auf die andere Seite des Zauns zu starren. Eines verbindet Singles auf jeden Fall: Testosteron- oder Östrogenspiegel sind enorm hoch und verlangen nach Befriedigung. Nach kurzfristigem Durchatmen bevor der Zeiger der unerschöpflichen Geilheits-Skala schon wieder nach oben schnellt.

Kein Mensch wird sich wundern, engagierte Singles in einem Sexshop vorzufinden. Weit fehlt allerdings derjenige, der sie vorwiegend beim Kauf von Pornos vermutet, diese streamt sich Generation-Y zur entspannenden, rechtshändigen Nutzung lieber direkt aus dem Internet.

In der Pornoabteilung ist der jung-dynamische Single allerdings dennoch zu finden. Wir zumindest finden ihn genau dort, oft in der Gruppe, immer lauter als es uns lieb ist und zwar bei einer der beknacktesten Freizeitbeschäftigungen seit es Sexshop-Wirrungen gibt: beim Porno-Ping-Pong.

Dahinter steckt die faszinierende Idee, sich gegenseitig die rückseitigen Covertexte der Porno-DVDs so lange ernsthaft vorzulesen, bis der erste lachend zusammenbricht und somit dieses Spiel verliert. Und verloren wird schnell und zuverlässig. Zugegebenermaßen entbehren diese Beschreibungstexte jeglichen intellektuellen Anspruchs: *Schneeflittchen und die 7 Rammler, Buschige Bären, König der Mösen* oder auch *Der Fensterputzer mit dem harten Leder* entspringen nicht meiner schmutzigen Fantasie, sondern der, der zielgruppen-affinen Marketing-Strategen. Aber man muss - um es mit dem Jugendslang meiner Tochter zu formulieren - schon sehr „hobbylos" sein, um sich für ein solches Highlight bahnbrechender Abendgestaltung mit seinen Kumpels in einem Sexshop zu verabreden.

Wir Angestellten haben übrigens ein weitaus größeres Vergnügen dabei, uns an solch eine grölende Gruppe anzuschleichen, dem Wortführer von hinten lächelnd auf die Schulter zu tippen und ihm nach seinem erschrockenen Blick von unserem absoluten Lieblingsspiel zu berichten:

„Kennst du nicht? Das ist Sexshop-Bingo. Wer als nächster sagt ‚aber ich wollte doch nur', muss leider gehen."

„Äh, aber ich wollte doch nur ..."

„Bingo!"

Das wirkt immer und sorgt für ein Überraschungsmoment. Ganz wichtig ist es natürlich, dann unbedingt das Lächeln zu halten, mit einer sympathischen Kopfbewegung Richtung Tür zu weisen und dabei wortlos zu nicken, auch wenn natürlich kein Rauswurf erfolgt. Sexshop-Bingo ist unser aller Lieblingsspiel und es lässt sich in jeder Abteilung, zugeschnitten auf Sortimentskategorien, fabelhaft umsetzen. Besonders im Fetisch-Bereich könnten wir in den Wochenendnächten alle zehn Minuten einen Bingo-Gong schlagen. Denn irgendeine saubere Viererreihe ergibt sich jederzeit aus den allseits beliebten Rufen:

1. „Alter Falter! Das hast du noch nicht gesehen!"
2. „Hilfe, ich brauche jetzt erstmal eine Therapie!"
3. „Hey man, *Fifty Shades of Grey*, man!"
4. „Das ist doch echt pervers!"
5. „Schuhe! Da gibt es Schuhe!"
6. „Aua, das muss doch wehtun!"
7. „Boah ist das krank, eh!"
8. „Also wenn ich so weit bin, Alter, dann erschieß mich!"

Ja, der gerade erwachsen gewordene Single im Gruppenmodus gehört unbestritten zu den rundum reflektierten Überfliegern der frisch eroberten Erotik-Galaxie. Wobei er an anderer Stelle, also fernab der Fetisch-Abteilung, interessanterweise oft eine recht aufgeschlossene Affinität zu Dingen an den Tag legt, die er laut Mutter Natur noch lange nicht nötig hätte.

Insbesondere junge Rumänen und Araber - von uns aufgrund des Produktwunsches liebevoll Goldmäxchen genannt - haben ein bevorzugtes Interesse an Pillen und Tinkturen.

„Hast du *Cobra*? Hast du *Kamagra*? Hast du *Supergold*? Was kostet? *Dreizehnfuchzig*? Machst du Neun!"

So lautet eine weniger geflügelte, als offensive Aufforderung, die wir täglich mehrfach hören. Gewünscht sind dann rezeptfreie und freiverkäufliche Pendants zur blauen Pille *Viagra,* die den Blutfluss im Penis erhöhen und somit für Männer mit Erektionsproblemen wirklich eine gute Hilfe darstellen. Völlig überflüssig für Testosteronbolzen, denen bereits die Aussicht auf eine willige Frau fast die Hose sprengt, aber die Vorstellung einer stundenlangen Master-Erektion scheint hier ein wenig die Sinne zu vernebeln. Außerdem sind viele Goldmäxchen überzeugt davon, ihr Penis würde durch die dauerhafte Einnahme von *Kamagra* noch etwas wachsen. Aber Männern und ihrem besten Stück war noch selten mit Logik beizukommen.

Es könnte sich bei den hoffnungsvollen Singles aber auch um Exemplare der verspielten, menschlichen Welpen handeln, die besondere Produkte testweise in die Hand nehmen, die wir nicht explizit gesichert, festgebunden oder hinter Glas gesperrt haben. Besonders große Dildos eignen sich ganz hervorragend, um sie sich gegenseitig als Mikrofon vor den Mund zu halten, um dann ein spontanes, unglaublich witziges Interview mit dem Smartphone aufzunehmen und das Video pronto ins Netz zu stellen.

Über die kleinen Fauxpas, die besonders uns Verkäufer amüsieren, gibt es leider selten Beweise für die Nachwelt. Was sehr schade ist, denn sie wären wirklich sehenswert.

Doch kein Mensch filmt mit, wenn in einer bestimmten Ecke des Ladens erst sehr lautes Lachen, dann mehrfaches metallenes Klicken und schließlich raumfüllendes Schweigen zu hören ist. Diese Stille, die nach kurzer Zeit in schuldbewusstes, leises Wimmern mit der Bitte um Hilfe übergeht. Dann, wenn einer aus der Superhelden-Gruppe sein Handgelenk unbedingt in ein Paar der vielen, von der Wand baumelnden Handschellen stecken musste und clever genug war, anschließend die Arretierung komplett zu schließen. Dann hängen sie da und schauen schuldbewusst.

Zum Glück gibt es dann ziemlich nettes Personal, das den passenden Schlüssel aus der Schublade zaubert und ihn bei jedem der unterschiedlichen Modelle auch einzusetzen weiß. Fast schon wieder liebhaben muss man diese wilden Jungs allerdings, wenn sie mit erlebter Befreiung unverlangt charmante Einsicht zeigen.

„'Tschuldigung, der Alkohol hat uns ein bisschen böse gemacht", war das netteste Statement, das ich von einer Gruppe junger Dänen einmal hören durfte.

„Alles gut, Jungs, Hauptsache ihr habt Spaß. Zuhause wäre das mit einem Schlüsseldienst teuer geworden."

Was will man auch anderes sagen? Sie spielen halt so gern.

1.2

Jung, ungebunden, aufgeschlossen, sucht ...

Natürlich besuchen auch ganz normale, aufgeschlossene Singles aller Altersklassen einen Erotik-Shop. Wer, wenn nicht sie? Aber es gibt eben auch Besonderheiten.

Die für mich faszinierendsten Exemplare der Spezies Single, haben etwas minimal Lauerndes. Ganz harmlos, gemeint ist sicher keine Massenmörder-Ausstrahlung, aber doch die auffällige Außenwirkung dauerhaften Wartens. Es mag daran liegen, dass diese Männer fast schicksalshaft oft in der zweiten Reihe stehen. An der Kasse, beim Ansprechen eines Verkäufers, allein schon beim Umsehen im Ladengeschäft wirkt der Warter wie ein lauerndes Fragezeichen auf der Suche nach ganz vielen Antworten. Möglicherweise liegt es daran, dass wirklich unheimlich viele Fragen in diesem Menschen stecken.

Das Schicksal des introvertierten Bedenkenträgers ohne *Womanizer*-Ausstrahlung. Ein paar Kilo zu viel, ein paar Haare zu wenig, ein gewisses Maß andauernder Transpiration, zu viel Sorge um Unwahrscheinlichkeiten, zu wenig um den eigenen Style, alles zusammen Dinge, die einen leider zum Wartenden auf Glück und Erleben machen können.

Der Warter lauert auf Möglichkeiten zu einem Gespräch, einer Veränderung, einer Erfahrung, einem Fick, einer Beziehung, einem etwas mit Abenteuer gefüllten Leben. Und bleibt dennoch dabei unheimlich kritisch, schließlich könnte all das ja auch irgendwelche Gefahren beinhalten.

Also nicht gerade die beste Grundlage für ein lockeres Kennenlernen unter entspannten Menschen – auch nicht mit einem Sexshop-Angestellten.

Es bleibt einfach gerne alles ein wenig distanziert. Also *ich*. Ich bleibe doch tatsächlich distanziert, wenn sich jemand unsicher am Verkaufstresen herumdrückt und dann von einem Leder-**Harness** erzählt, den er jetzt gerade unter der Kleidung trage. Unterlegt mit diesem „Sie wissen schon"-Blick. Sie wissen schon, ich bin ein unheimlich verwegener Mensch, denn genauso fühle ich mich gerade. Und es wird Ihnen doch bestimmt auch überhaupt nicht seltsam vorkommen, wenn ich Sie darum bitte zu kontrollieren, ob die Lederriemen dieses Harness an allen Stellen richtig sitzen. Denn insbesondere an der Hüfte und hier unten im Schritt …

Äh – nein. Dort kontrollieren wir nicht. Auch nicht, wenn bei uns gekauft. Wir kennen alle diese Geschichten, auch die unterschwelligen und halbseidenen, die uns zu Erfüllungsgehilfen machen sollen. Und exakt so eine wird das gerade. Das ist so ähnlich, wie wenn meine Kolleginnen oder ich uns doch bitte mal eben ein breites **Spielhalsband** umlegen lassen sollen. Aus reinen Testzwecken natürlich. Nur um mal zu sehen, wie es der heimlich Angebeteten so stehen könnte. Oder wie es überhaupt an einer Frau aussieht.

Wer sich so weit nicht wagt, möchte zumindest von uns in Fesseln gelegt werden. Der Warter nimmt gerne mit, was geht. Auch das Kleinste, die winzigste erreichbare Realität, einen Hauch von Erleben. Und wie hundsgemein, dass wir Verkäuferinnen uns bei Wünschen dieser Art eher sperrig verhalten. Wir behelfen uns mit Formulierungen wie „Ach, das schaffen Sie sicherlich auch selbst" oder „Halsbänder werden nur mit Stolz getragen und mit Liebe vergeben". Aber letztendlich ist auch ein freundliches Nein eben doch ein Nein.

Und unter uns Gebetsschwestern: Das geht einigen meiner männlichen Kollegen nicht anders. Klar haben wir ein paar echt leckere Sahneschnitten darunter. Jung und hübsch, sehr sympathisch. Die haben nicht selten eine Besucherhand am Po oder eine bittende Kontaktanfrage auf dem Facebook-Account. Und in den seltensten Fällen sind sie glücklich darüber. Nur weil sie sich charmant aus der Affäre ziehen, wird der plumpe Versuch nicht besser, sondern bleibt übergriffig. Klar kann man/frau seine Nummer auf einen Zettel kritzeln und ein nettes Angebot machen, aber anfassen geht gar nicht. Weder in hetero noch in schwul und das nicht erst seit *#metoo*.

Doch zurück zum Warter, dessen Lust ist groß und die Suche extrem bestimmend. Hinter einer ganz normalen Puppen-Dekoration kann man bei uns einen winzigen Blick auf einen Raum erhaschen, der nicht öffentlich zugänglich ist. Wenn man sich viel Mühe gibt und einen schwarzen Vorhang ein klein wenig zur Seite schiebt, dann kann man ihn sehen. Man benötigt also eine Menge Neugierde, um ihn zu erkennen. Einen völlig normalen Raum mit schwarzen Wänden, ohne spannendes Interieur. Hier finden hin- und wieder **BDSM-Seminare** statt, manchmal drehen wir hier auch unsere Produktvideos. Ganz banal. Aber der Warter findet ihn, kommt ganz nah an den Verkaufstresen und raunt regelmäßig mit vor Spannung gesenkter Stimme:

„Sagen Sie – in diesem Raum dort hinten – kann man da auch mal etwas erleben?“

„Wie meinen Sie das genau?“

„Nun ja, ich dachte, dort wird vielleicht mal etwas vorgeführt oder so. Etwas Spezielles.“

„Da muss ich Sie leider enttäuschen. Dort hinten halten wir nur Kunden gefangen, die nachts den Ausgang nicht mehr gefunden haben. Da passiert nicht viel."

Die kurzzeitige Schnappatmung ist den Spaß wert, auch wenn wir sie mit einem Augenzwinkern schnell wieder weglächeln. Dass es tatsächlich ab und zu Vorführungen gibt, die jedoch keinem festen Zeitplan unterliegen, verschweigen wir lieber. Der aufmerksame Kunde bekommt sie nur mit, wenn er zu passender Zeit am passenden Ort steht und rein zufällig Zeuge einer kleinen Szene wird, die er so sicher nur einmal im Leben erlebt. Eine befreundete Domina des Hauses, eine eloquente, liebenswürdige Dame, terminiert sich hin und wieder mit ihren Einzelgästen bei uns, wenn sich diese die Umsetzung einer Entführungs-Fantasie wünschen.

Man weiß nicht, was für unsere Kunden dann der verwirrendere Moment ist: dass sich plötzlich sehr leise eine Tür der Umkleidekabine öffnet, zwei Voll-Latex-Dominas mit gewaltigen Brüsten einem überraschten Kunden von hinten einen Gummisack über den Kopf stülpen, ihn ruck zuck verschnüren und aus dem öffentlichen Blickfeld schleifen? Oder dass wir Angestellten das ganze Szenario völlig unbeteiligt wahrnehmen und keinerlei Miene verziehen? Man kann nur raten, aber die fassungslosen Gesichter der Besucher wären eine Fotoserie wert.

Unbestritten ein Traum für einen der erlebnisorientierten Warte-Singles, den zu sehen, er nur leider kaum Möglichkeiten haben wird. Solche Aktionen kommen wirklich selten vor und werden von uns nie angekündigt. Und selbst wenn: einmal in eine andere Richtung geblickt und schon ist das Zuschauer-Abenteuer leider verpasst. Der Charme einer Entführung liegt bekanntlich im Überraschungs-

und Schnelligkeitsmoment. Beides beherrschen die beiden Damen ausgesprochen gut. Und von der weiteren Behandlung ihrer Gäste bekommen die unseren gar nichts mehr mit. Das Hinterzimmer hat eben doch so seine kleinen, intimen Geheimnisse.

Vielleicht wartet „jung, ungebunden, aufgeschlossen, sucht …" aber auch gerade an ganz anderer Stelle oder sucht bei einer meiner Kolleginnen einen psychologischen Exkurs über seine persönlichen Vorlieben. Vor deren Umsetzung er oft ebenso viel Angst hat wie vor ihrer Nichterfüllung. Oder noch viel schlimmer: dass irgendjemand davon erfahren könnte. Draußen im richtigen Leben. Dort wo real geliebt und erlebt wird. Naja - Leidenschaft braucht Begeisterung, Begeisterung braucht Realität, Realität braucht Mut. Finde den offensichtlichen Fehler des Wartens.

Man kann es glauben oder nicht: das weibliche Pendant zum aufgeschlossenen Single-Mann zeigt sich übrigens meist bedeutend entschlossener. Selbst eine - auf den ersten Blick - eher graue Maus wagt sich an konkrete Informationen, sucht sich Adressen, geht alleine auf Partys, datet sich und bekommt in der Wartezeit auf Mr. Right ziemlich konkret heraus, wie sie sich den künftigen passenden Partner vorstellt und was mit ihm erlebt werden möchte. Frauen können gnadenlos gut sein, wenn sie es wagen, sich für ihre Bedürfnisse zu entscheiden. Da wird viel weniger hoffnungsvoll herum gesehnt und schließlich doch erst einmal gelassen. Frauen sind da meist offen, machen sich schlau, entscheiden und tun es einfach. Sie fragen ja bekanntlich auch problemlos nach dem Weg und lesen sogar Produktbeschreibungen.

Im Gegensatz zu einem von mir sehr geschätzten, eher zurückhaltenden Stammkunden. Der kam eines Tages untypischerweise etwas grummelnd vorbei und sagte, dass die Idee vom letzten Mal „irgendwie blöd gewesen sei". Ich erinnerte mich. Er hatte sich ein *Shunga Lovebath* von mir empfehlen lassen. Eine Art aphrodisierenden Zusatz, dessen Spezialität darin liegt, sich nach Zugabe ins Badewasser in eine besonders sämige Konsistenz aus Gel-Perlen zu verwandeln. Eine Lustwanne voll duftendem Glibber also, was ziemlich genau dem entsprach, was er sich für sein Date gewünscht hatte. Dummerweise las er allerdings die Gebrauchsanweisung nicht und warf das zweite Tütchen Zauberpulver versehentlich mit der Verpackung weg. Nämlich genau jenes, mit dem sich der Glibber anschließend wieder in klares Wasser zurückverwandelt hätte. Somit stand der arme Kerl wohl ausdauernd mit einem Pümpel vor seiner Wanne, um das *Lovebath* durch den Abfluss auch wieder wegzubekommen. Bei dieser Vorstellung konnte ich die Äußerung „es wäre irgendwie blöd gewesen" extrem gut verstehen. Bei guten Dates pümpelt man eher nicht.

Und dann gibt es wiederum diejenigen, die aus schierem Glück fast platzen mögen und oftmals schlägt ihr Herz für Dinge, die man nicht in ihnen vermuten würde. Ein sehr netter, kugelrunder, kleiner Rocker beispielweise, in Lederkluft und Jeansweste, kam schwitzend mitten im Hochsommer. Ein ganz liebenswürdiges, kommunikatives Kerlchen, das mir einen ganzen Schwung Korsetts auf den Tresen legte. Es ging um passende Größen für ihn, wir mussten ein bisschen wühlen gehen, denn auch die XXL-Damengrößen wollten seinen Waschbär-Bauch nicht so recht umschließen. Aber wir fanden natürlich etwas und er bat mich mit in die Umkleide, um ihn zu beraten. Das ist dann schon niedlich, wenn unter der Rockerkluft ein Ganzkörperanzug aus rotem Lack zum Vorschein kommt. Kein Wunder, dass diesem kleinen Hobbit extrem heiß war. Jedoch: Seine Augen strahlten, als wir das schwarz-rote Korsett tatsächlich geschlossen und auch ein wenig geschnürt bekamen. Und dann stand er da vor dem Spiegel, drehte sich verspielt ein wenig nach links und nach rechts und wollte von mir wissen, ob er das wohl tragen könne.

Und ich finde: ja! Absolut. Das kann er. Weil er diesen schrillen Fetischtraum glücklich trägt und mit Leben füllt. Es macht nicht unbedingt „einen schlanken Fuß", aber darum geht es ja auch nicht. Er fühlt sich pudelwohl und wird damit irgendetwas Spannendes anfangen. Zuhause oder in einem Club, der dafür ausgerichtet ist. Und jetzt, in diesem Moment, standen wir eben beide lächelnd in einer Kabine, er legte freudestrahlend die behaarten Hände auf seinen runden Bauch, streckte sich ein wenig aufrechter und sagte völlig überzeugend:

„Stimmt! Das ist sehr schön und betont die Taille. Schließlich kann man doch zeigen, was man hat! Hach, ich liebe mein kleines Geheimnis!"

Ja. Und ich liebe, besonders in solchen Momenten, meinen Job und würde ihn gegen keinen anderen tauschen wollen, in denen wir uns so oft mit all den genormten Masken begegnen. Es hat doch jeder sein sehnsüchtiges, kleines Geheimnis. Auch wenn nicht jedes in Lackrot unter einer Lederkombi herausblitzt.

1.3

Mastermind: Der „auf alles perfekt vorbereitet"-Single

Ein ziemlich engagierter Trockenschwimmer ist der nächste Single-Typus. Und ich gebe zu, beim ersten Kontakt mit dieser Spezies dachte ich lange Zeit, ich wäre im falschen Film oder hätte irgendeine relevante Information verpasst.

Dass Männer bei uns auch für ihre Frauen einkaufen, ist nichts Ungewöhnliches. Manche verschenken zum Hochzeitstag etwas, das sie gerne mal an ihr sehen würden. Die einen mit kleinem Budget und eher recht plakativen Ideen, andere mit ganz ausgezeichnetem Geschmack. Wir weiblichen Angestellten haben schon oft einem Mann unser aufrichtiges Kompliment ausgesprochen, wenn da einer mit viel Liebe zum Detail eine Auswahl an Dessous, Düften, Nylons und Accessoires zusammenstellte, die fast ein wenig neidisch machen kann. Und es gibt auch die sehr bemühten Männer, die offensichtlich hilflos geraume Zeit vor einer meterlangen Dessous-Wand stehen, aber eine Beratung scheuen. Manchmal lösen wir Kolleginnen dieses Problem, indem wir ganz zufällig ein Stück entfernt ein Gespräch unter uns beginnen und uns über Optik und Passform verschiedener Modelle austauschen. In solch einem Fall sieht man nebenan dann die Ohren wachsen und nicht selten wandert anschließend genau eines der besprochenen Modelle, sogar in selbst ausgewählter Größe, an die Kasse. Eine Art *Beratung-light,* die uns immer wieder viel Spaß macht.

Aber es gibt auch Geschenkanlässe, die in mir eine Menge Fragen aufwerfen:

„Ich hätte gerne etwas für eine Frau."

„Aber klar, gerne. Was soll es denn sein?"

„Naja, ich weiß nicht so recht. Vielleicht erstmal etwas, was sie anziehen kann."

„Ok, haben Sie sich ein spezielles Material vorgestellt? Hier im Fetisch-Bereich kann ich Ihnen Lack, Wetlook und Latex anbieten."

„Was wird denn gerne getragen?"

Es folgt eine kleine Materialkunde, bei der wir eher zu den leicht tragbaren Dingen tendieren, da ein klassischer Latex-Käufer wüsste, dass er Latex bevorzugt.

„Ja, dann vielleicht sowas wie hier drüben."

„Welche Größe soll es denn sein?"

„Ich kenne mich da nicht so genau aus. So wie Sie etwa. Vielleicht mit etwas mehr (alternativ: weniger) Busen."

„Gut, dann wäre das ungefähr eine M-Size. Meinen Sie, das kommt hin?"

„Ja, das könnte ich mir ganz passend vorstellen. Und dann noch was Erotisches zum Spielen."

„In welche Richtung soll es denn gehen?"

„Ich hatte da ehrlich gesagt auf Ihre Beratung gehofft."

„Sehr gerne, aber ein klein wenig thematische Starthilfe müssen Sie mir schon bitte geben."

„Naja, also es wäre schön, wenn sie mich ein bisschen dominieren würde. Aber so, dass es auch ihr Spaß macht."

„Ähm, wir stehen hier zwischen Peitschen, Fesseln, einer Unzahl an Painplay-Artikeln, **Keuschheitskäfigen** und Co. Was reizt Sie denn besonders?"

„Alles."

„Ok. Was halten Sie davon, wenn ich Ihnen eine Art *Starter-Set* zusammenstelle? Sehr brauchbare Dinge, mit denen man kaum falsch liegen, aber einiges ausprobieren kann?"

„Das klingt gut, aber unbedingt auch etwas Verwöhnendes für die Frau. Etwas, was sie richtig heiß macht."

„Das bekommen wir hin. So (lang und breit erklärt), ich denke, das wäre ein sinnvolles Set, mit dem Sie zuhause Freude auslösen werden."

„Prima, das nehme ich alles. Inklusive Kleid. Und Stiefel. Hohe Stiefel bis zum Oberschenkel bitte."

„Gerne. Welche Schuhgröße trägt die Dame?"

„Was ist denn die Durchschnittsgröße bei ungefähr 1,70 m?"

„Kann man so nicht sagen. 40 vielleicht. Aber fragen Sie doch am besten bei Ihrer Partnerin nach."

„Das kann ich nicht. Es gibt sie doch noch gar nicht."

In solchen Momenten werde sogar ich sprachlos. Ja, es gibt wirklich Singles, die eine Unmenge an Geld in die Ausstattung einer imaginären Traumfrau investieren, der sie irgendwann zu begegnen hoffen. Und die mit mittelgroßen Brüsten dann hoffentlich in eine durchschnittliche M-Size und eine ebenso durchschnittliche 40er Schuhgröße passt. Und dann ganz, ganz schnell, von einer erotischen Devotionalien-Schatzkiste überrascht, all die Zauberdinge professionell einzusetzen versteht, um der langjährigen Sehnsucht des frisch kennengelernten Kandidaten endlich Befriedigung zu verschaffen. Ach ja, die Liebe und die Hoffnung sind doch wahre Himmelsmächte!

Aber wie so oft im Leben: die einen darben einsam, die anderen schwelgen im Überfluss. Bei den jungen, gutaussehenden Dauer-Singles mit *Parship*-Mitgliedschaft herrscht eher Flut denn Ebbe. Bekanntlich wird sich dort alle elf Minuten neu verliebt und man könnte fast das Gefühl bekommen, dass es sich dabei immer um ein und denselben Single handelt.

Uns kann das mehr als recht sein, vor allem wenn die Jungs verspielt genug sind, für jede Affäre eine eigene, kleine Toy-Kiste einzurichten, was ja fast schon einen fürsorglichen Charakter hat. Denn wer möchte am Freitag schon den Dildo der Mittwochsfrau in sich haben? Eben. Für mich ist das sogar sehr amüsant, wenn noch an der Kasse kleine Häufchen gebildet werden, damit für unterschiedliche Vorlieben und zugehörige Partnerinnen auch nichts vergessen wird.

„Dann leg doch bitte noch eine Packung XXL-Kondome zum Silikon-Gleitgel und den Nippel-Saugern. Und zum **Flogger** und dem **Bondage-Tape** die Gummis mit Bananengeschmack."

„Spannende Mischung. Ich hätte jetzt eher auf umgekehrt getippt. Fruchtgeschmack für die SM-Braut? Und seit wann kaufst du XXL?"

„Die sind nicht für mich, sondern für die XXL-Dildos der kleinen, schönen Fee. *lacht* Und die SM-Braut hasst Bananen, ich freue mich jetzt schon auf ihr Gesicht, wenn sie die Dinger probieren darf."

„Dann komm mal nicht durcheinander mit deinen Schätzen."

„Keine Sorge, das wandert sauber in unterschiedliche Kartons. Ordnung im Chaos ist verdammt wichtig."

„Deshalb stecke ich dich ja auch in die Kunden-Schublade ‚Der auf alle Eventualitäten perfekt vorbereitet'-Single."

„Immer zu. Hey, ich hätte da übrigens noch Kapazitäten."

„Lass mal stecken, ich könnte deine Mutter sein."

„Schade, die **Milf**-Schublade ist bei mir noch frei."

Tja. Ein echtes Organisationstalent im Kreise der Hoffnungsträger.

1.4

Profirunde: Der Erklärbär

Oh wir lieben ihn. Kaum jemand bringt uns so viel Spaß wie der Erklärbar. Seine charakteristischen Kennzeichen: er ist Single, aber umgibt sich unheimlich gerne mit Frauen aus seinem Freundeskreis. Das kann eine Kommilitonin sein, eine Party-Bekanntschaft oder auch eine Affäre. Witzigerweise ist es fast egal, ob er mit der Dame nun in einer intimen Beziehung steht oder nicht. Sogar ihm selbst erscheint dies vermutlich nebensächlich, Hauptsache sie ist bereit dazu, ihm lange und aufmerksam zu folgen. Denn der Erklärbär liebt es, sich selbst reden zu hören. Lange, ausufernd, ohne Punkt und Komma, dafür mit weit ausholender Geste und großer Attitüde. Das Letzte, was er bei seinem Auftritt brauchen kann, ist jemand, der sich wirklich auskennt, deshalb haben wir Verkäufer bei ihm frei und dürften gut und gerne nach Hause gehen. Tun wir natürlich nicht, aber wir achten auf ausreichend Abstand zu seiner Lehrstunde und versuchen seine natürliche Autorität nicht zu untergraben.

Der Erklärbär lernt gerne an. Es steckt eben ein echter Führer in ihm. Ein Wissender, ein Praktiker, ein Mann für jede Gelegenheit. Das Tollste ist, dass er alle Produkte kennt. Rundum alle. Alle Produkte, alle Praktiken, alle Exzesse. Der Mann - und ich schwöre, es ist immer ein Mann - ist ein Phänomen, das sich glücklicherweise auch von selbst erklärt, denn: Der Erklärbär lustwandelt ausschweifend durch unsere Fachabteilungen mit den Worten: „*Das* hier habe ich *alles* auch zuhause."

Faszinierend, nicht wahr? 500 qm Fetisch für die unterschiedlichsten Vorlieben und der Erklärbär hat alles zu Hause in seiner gemütlichen Zweizimmerwohnung. Ein wirklich beeindruckender Umstand. Und er wird nicht müde, seine Sicht zu all dem Vielen an seine Begleitung weiterzugeben. Ganz wichtig dabei ist, dieses Wissen mit vielen Auflagen, Warnhinweisen, Gos und No-Gos zu schmücken.

„Das ist eine **Bullwhip**. Tolles Gerät, habe ich zuhause. Muss man aber mit umgehen können. Das ist schon echt höheres Niveau. Die links taugt nichts, das sehe ich auf den ersten Blick. Die Flechtung ist ungleichmäßig, da kommt kein harmonischer Zug drauf. Mit der rechts kann man was anfangen, die liegt gut in der Hand. Also wenn du mal als ernstzunehmende Sub dort oben mitspielen möchtest, dann solltest du dich vor einer Bullwhip nicht drücken. Wenn jemand damit umgehen kann, dann ist das richtig, richtig gut. Da ist dann halt dein Vertrauen gefragt. Vertrauen ist sowieso alles. Da unterscheiden sich die Echten von den Möchtegern-Devoten. Habe ich dir ja schon mal gesagt, es gibt Regeln. Kopf gesenkt, immer leicht gespreizte Beine, kein Höschen. Das ist das Minimum, um einen echten Herrn zu überzeugen. Submission ist was, das hat man oder hat es nicht. Und wenn ich mir dich so anschaue, dann hast du durchaus Potential. Da drüben übrigens, im Medizinschrank, liegen die **Spekulums**. Auch was Schönes, das *Cusco* und das *Pederson* habe ich jeweils in der XL-Variante zuhause. Sonderausfertigung, bekommst du im normalen Handel gar nicht. Ach und ja, das Wartenbergrad solltest du dir unbedingt mitnehmen. Gibt es mit 1, 3 oder 5 Rädchen. Das Fünfer nur ganz vorsichtig einsetzen, das kann sehr gemein und echt verletzend sein …"

Ohne Punkt und Komma, der Erklärbär wird nicht müde. Dafür ertappen wir selbst die zu Beginn interessierteste Zuhörerin irgendwann beim unterdrückten Gähnen. Mal ganz ab davon, dass irgendwelche Old-School- und Verhaltensregeln gegenüber einer an BDSM interessierten Frau so was von überholt bis ungeheuerlich sind, der Plural eines Spekulums in ordentlichem Latein auf a endet, *Cusco* und *Pederson* unter medizinische Standardware fallen und es sich bei einem **Wartenbergrad** um ein banales Nervenrad für neurologische Untersuchungen handelt, mit dem man vielleicht einen Käfer filetieren, aber sicherlich keine Verletzungen verursachen kann. Auch ignoriert er, dass sich punktuelle Intensität mit Vergrößerung der Auflagefläche vermindert und nicht verstärkt und somit das olle Wartenberg in der 1er Variante spezifischere Reize auslöst als mit der 5er, auch wenn es in breiter Ausführung wie eine martialische Miniaturvariante eines Folterinstrumentes daherkommt.

Selbst wenn wir das alles für einen Moment vergessen wollen und einfach nur lauschen, was der Erklärbär an geballter Kompetenz zu bieten hat, schwankt dieses unfreiwillige Amüsement zwischen grotesk und Slapstick. Und dann kommt es durchaus mal vor, dass einer von uns Angestellten kopfschüttelnd auf dem Oberdeck verschwindet, um in herrlicher Stille eine Zigarette zu rauchen.

Wenn nicht – und das ist der Super-GAU – der Erklärbär beschließt, uns in ein Gespräch miteinzubeziehen. Auch das kommt vor. Weniger um sein Wissen bestärkt zu bekommen, als Lücken in unserem zu suchen. Absolut unvergesslich ist mir ein Kunde, der „endlich einmal einen professionellen Ansprechpartner zu Elektro-**Stromgeräten**" suchte und keine Antwort gelten ließ, „da er diese unzureichenden Phrasen bereits auf allen internationalen Foren zum Thema erschöpfend gelesen hätte". Es ginge ihm mehr um kompetenten Austausch unter Profis, bei dem die großartigen Möglichkeiten von Strom für Zwangsorgasmen bei der Frau in epischer Breite durchgegangen werden. Woraufhin selbst unser freundlicher Vorschlag, vielleicht direkt das Gespräch mit den Herstellern zu suchen, um seinen fundierten Background in die Produktentwicklung einzubringen, eher semi-positiv aufgenommen wurde. Die könnten alle nichts, das wäre alles Pillepalle, was dem Herrn Ingenieur endlich die Möglichkeit gab, raumfüllend über seine persönlichen intimen „Testreihen" zu dozieren. Neben ihm eine weibliche Begleitung, der dieser Auftritt bereits mehr als peinlich war. Auch weil sie selbst darin vorkam, verständlicherweise aber wenig Interesse daran hatte, wie eine verkabelte Laborratte von Herman Monster vor uns bloßgestellt zu werden. Wie übrigens vor allen anderen Kunden auch, der Erklärbär liebt eben den ganz großen Auftritt.

Worauf wir übrigens nicht selten, von anderen unfreiwilligen Zaungästen auch angesprochen werden. Manchmal mit breiter Verwirrung im Gesicht, manchmal mit bemitleidendem Lächeln, hin und wieder mit Augenzwinkern und einem verschwörerischen, kleinen „Chapeau!", wenn allzu offensichtlich war, dass sich da gerade jemand selbst ziemlich ins Aus geschossen hat. Wir Angestellten bleiben auf jeden Fall freundlich und entscheiden uns irgendwann für den Königsweg jeden garantierten Diskussionsendes: „Sie haben Recht, ich bedaure es sehr, aber weiter können wir Ihnen an dieser Stelle leider nicht helfen. Gerne ein anderes Mal wieder."

Was liebe ich in diesen Situationen meinen Kollegen Ernie, der sich gerne erst einmal aus dem Gespräch entfernt, um es nicht unnötig mit zwei Personen zu befeuern. Und nach einiger Zeit zurückkommt, dem Erklärbär brüderlich eine Hand auf die Schulter legt und eines unserer kleinen Werbetütchen in die Hand drückt.

„Komm, min Jung! Manchmal ist es wie es ist und wir wissen auch nicht weiter. Aber ein paar Gummibärchen gehen immer!"

Einer unserer ganz großen, langjährigen Profis hier. Fachlich enorm gut, menschlich ein Ass. Er radebrecht einfach in fast allen Sprachen dieser Welt und bleibt gelassen wie ein Fels, obwohl er auch ganz anders könnte. Buddhistischen Gleichmut kann man hier eben ganz gut brauchen. Und ja: lernen auch.

1.5

Solorunde: Sex mit dem, den ich am meisten liebe

Wer bei einer *Maglight* nur an ausdauernde Nachtwanderungen denkt, sei zu seinem romantischen Pfadfinder-Naturell herzlich beglückwünscht. Weiterentwicklungen des Prototyps dieser XXL-Taschenlampe bringen zwischenzeitlich aber natürlich auch bedeutend mehr zum Leuchten. Augen zum Beispiel. Mit einer *Fleshlight* – so heißt das Ding dann, wenn es aus einem Sexshop kommt – kann man Männer jeden Alters ziemlich glücklich machen.

Eine *Fleshlight* ist genau das, was man sich jetzt vorstellt. Ein Masturbator in Form einer wirklich großen Taschenlampe, gefüllt und ausgestattet mit einem sehr soften, manchmal genoppten Vaginalkanal. Das klingt jetzt nicht sonderlich erotisch, aber für Männer im Solo-Play kommt die Masturbation mit einer *Fleshlight* verflixt nah an das Gefühl von realem Sex heran. Also zumindest im Unterleib, Emotionen stehen wie immer auf einem ganz anderen Blatt. Aber das ist ja gerade das Schöne an Selbstbefriedigung: Sie entspannt. Man muss nicht erst runter von der Couch, um irgendjemanden klarzumachen und man darf sich dabei ausschließlich um sich selbst kümmern. Man muss nicht einmal vorher duschen gehen, geschweige denn gut aussehen. Wenn das mal nicht ziemlich gute Gründe dafür sind, sein Sexleben immer wieder einmal selbst in die Hand zu nehmen.

Nun mag man als Frau über das Modell *Fleshlight* durchaus schnell die Nase rümpfen. Wie? Der steckt sein Teil in einen künstlichen Vaginalkanal und holt sich damit zwischen Sportschau und Nachtfilm mal eben einen runter? Ist das nicht total lieblos? Und wird damit die Frau per se, oder zumindest ihre Vagina, nicht total zum Objekt degradiert? Tja, kann man so sehen, andererseits führt die unglaubliche Auswahl an Dildos und Vibratoren, mit links- und rechtsmotorisierten Supernoppenaufsätzen, die ganze Stämme an Joghurtkulturen komplett durchdrehen lassen könnten, diesen vermeintlichen Unterschied doch ziemlich schnell ad absurdum. Weibliche Sex-Toys sind edel und hui, männliche billig und pfui, das kommt so einfach nicht hin. Witzigerweise gibt es tatsächlich viel weniger Love-Toys für den angeblich übersexualisierten Mann, als für die vermeintlich nur in Liebe erotisierbare Frau. Nur, dass die Innovation an Masturbatoren für die Herren der Schöpfung der unseren immer bereits einen kleinen Schritt voraus ist. Das Schrägste, was wir in diesem Feld aktuell zu bieten haben, dürfte der *Twirking Butt* sein. Ein hübscher, naturgetreuer kleiner Frauen-Po aus Silikon, der nicht nur wackelt wie eine waschechte Brasilianerin beim Karneval von Rio, sondern natürlich penetrierbar ist. An sich schon ein Produkt, an dem man kaum vorbeischauen kann, selbst wenn man möchte. Es bringt allerdings auch noch die Besonderheit mit, dass der Nutzer dabei eine VR-Brille tragen und damit angeblich ein gigantisches 3D-Vergnügen erleben kann.

Natürlich mutet die Vorstellung, dass Männer lebensgroße Puppen, Wackelärsche und Vaginalkanäle (be)nutzen, irgendwie komisch an. Andererseits kann man mit Interesse beobachten, dass die Mehrzahl der Käufer und somit Nutzer, eher einen hohen Bildungsabschluss haben. Da kommen die Anzugträger in den Laden, nicht die Arbeiter. Und die wenigsten davon scheinen echte Singles zu sein, auch wenn die Frage offen bleibt, wie und wo man vor seiner Frau einen lebensgroßen, wackelnden Silikon-Po versteckt. Ich vermute ja einige interessante Ecken in den Bastelkellern dieser Nation.

Die meisten Solo-Player entscheiden sich sowieso eher für Harnröhren-Produkte, für Vollmasken aus Gummi oder Leder und für Strom. Eben für Fetisch- und SM-Neigungen, die in irgendeiner Form heimlich alleine ausgelebt werden. Mein größtes Mitgefühl haben übrigens stets die Jungs, die sich für den Kauf eines Keuschheitskäfigs entscheiden, obwohl es allem Anschein nach niemanden gibt, der die Schlüsselgewalt übernimmt. Ich meine, wie traurig ist das denn? Sich das beste Stück wegzuschließen, damit Erektionen unmöglich zu machen und dabei jederzeit doch selbst die Möglichkeit zu besitzen, den Tiger aus dem Käfig zu lassen? Das hat etwas von Selbstkasteiung, von einem Küchenschrank voller Schokolade, während man selbst auf Diät ist, vielleicht auch von Selbstbestrafung. Aber exakt Pain-Play ist oft die Kür, die in vielen Sexleben offiziell eben nicht erlaubt ist. Da herrscht die Pflicht des starken Mannes, der sich nur im Geheimen seinen Orgasmus-Overkill zugestehen darf. Und wer jemals versucht hat, sich selbst zu quälen, weiß, wie schwierig sich das gestalten kann. Sich selbst sensitive Reize, wie zum Beispiel eine Stimulation der Brustwarzen, zu verschaffen, ist so komplex, wie sich selbst kitzeln zu wollen. Da meldet der Körper einen Fehler im System. Es mag nur schwer gelingen, weshalb Stromgeräte oder **Penispumpen**, die mit Vakuum arbeiten, für Solo-Player hoch im Kurs stehen.

Es mag mir zu diesem Kapitel nur schwer ein Grundtypus einfallen. Schon recht kein unterhaltsamer oder besonders witziger. Ohne Frage allerdings extrem unangenehm ist der Auftritt einiger Penispumpen-Nutzer, die mit Vorliebe ihre abgewarzten Aufsatz-Manschetten für den Einsatz der Pumpen mitbringen, um eine neue zu kaufen. Die Dinger sind ursprünglich aus transparentem, dehnbarem Silikon. Transparent! Nicht trüb verfärbt, eingerissen und überdehnt, wie sie mir manchmal auf den Verkaufstresen gelegt werden. Nachdem sie aufwändig aus irgendeiner Hosentasche gezuppelt wurden, liegen sie dann vor mir und verströmen den optischen Charme einer ausgelutschten Weißwursthaut.

„Sie können das gerne wieder einstecken. Es gibt nur ein passendes Modell, ich hole Ihnen einen neue Manschette."

„Wegen der Größe. Ich brauche eine 6."

„Das ist eine dehnbare Einheitsgröße. Stecken Sie das Ding bitte wieder ein."

„Es ist kaputt, ich brauche eine neue."

„Schon verstanden, aber ich möchte das kaputte nicht."

„Größe 6. Sechs Zentimeter Durchmesser."

„Respekt. Für die Manschette gilt dennoch Einheitsgröße."

Seltsamerweise sorgt es für Verwunderung, wenn wir um weitere Diskussionen zu vermeiden, beherzt das spermabefleckte Teil mit Hilfe eines *Kleenex* in den Mülleimer befördern und mit Desinfektionsspray nachwischen, um es endlich vom Tisch zu bekommen.

Viele Männer sind, nennen wir es einmal unkompliziert, zumindest wenn es um die Dinge geht, die ihr Körper zu produzieren fähig ist. Da scheint manchmal noch ein gewisser Urzeit-Stolz mitzuschwingen. Lehmanns Super-Sperma hat auch im 21. Jahrhundert noch mehr als einen Blick verdient. Ganz zu schweigen von der Penisgröße. Jeder, der sich nach Norm-Maß nicht verstecken muss, ist schnell dabei, sie uns noch vor seinem Namen mitzuteilen. Gerade bei der Auswahl von **Cockringen** aus schwerem Edelstahl ist das immer wieder ein sehr beliebtes Thema.

„Welche Größe brauchst du denn?“

„Also lang ist er 21 cm.“

„Naja, die Länge ist beim Cockring nicht das ausschlaggebende Maß. Ich brauche den Durchmesser.“

„Eher groß.“

„Von einem Norm-Maß möchte ich nicht sprechen, aber am meisten verkaufen wir von den 4,0 bis 4,5 cm Ringen.“

„Also ich denke mal eher größer.“

„Er sollte - gerade aus massivem Edelstahl - halt exakt passen. Zu klein ist ungeil und du bekommst Hämatome. Wenn er zu groß ist, zeigt er keine Wirkung. Das wollen wir doch beides nicht.“

„Also eher mindestens 5,0.“

„Magst du deine Freundin fragen? Frauen besitzen da oft ein ganz unaufgeregt gutes Augenmaß.“

„Nee, soll eine Überraschung sein.“

„Dann nimm vielleicht zwei günstige, schmale Ringe und kaufe erst später den massiven.“

„Kann ich nicht mal schnell eben einen hier probieren?“

„Wenn du ihn gekauft hast, ja. Ist ein Hygieneartikel, den kann ich nicht anprobieren lassen.“

„Das ist aber auch schwer.“

„Vorschlag: Du gehst in die Umkleidekabine, ich gebe dir ein Stück Schnur mit, das legst du um Penis und Hoden, misst anschließend die Länge und rechnest Umfang durch Pi, dann hast du den exakten Durchmesser.“

„Pi?“

„Pi. 3,14. Die Kreiszahl. Archimedes und so.“

Man möge es mir bitte verzeihen: Ein passender Edelstahl-Cockring: 29,90 €. Der Blick eines Kunden nach diesem Gespräch: immer wieder unbezahlbar!

2

Ganz zufällig hier: von Touristen-Paaren und anderen Verlaufenen

2.1

…rnationale! Aus aller Herren Länder …

In einer Stadt, in der mit „Moin" alles gesagt ist, beginnt die Internationale natürlich bereits dicht an der Süderelbe. Das Tor zur Welt steht weit offen und dennoch fällt eine bodenständige Ruhrpott-Gesellschaft aus Castrop-Rauxel bereits unter Diaspora-Sightseeing.

Hier treffen sich breit geschwäbelte Kehrwochen-Mentalität und der elegant inszenierte Münchner, neben niederbayrischer Landbevölkerung, die aus ihrem urbanen „Ja leck mi am Arsch, da legst di nieder" kaum mehr heraus zu retten ist. Und es entspringt auch leider keinem Klischee, dass der Sachse per se, am liebsten zum „Diescher-Danga" greift, um den Lieben zu Hause einen Hauch der großen, weiten Welt zu offerieren. Am allerliebsten „ouveeerde", doch dieser Wunsch wiederum, steckt in allen Besuchern: wer auf der Reeperbahn einen Damen-Slip kauft, egal ob Mann oder Frau, sehnt sich nach der Offenbarung blank blitzender Schamlippen, ganz egal, wie viele Prachtstücke feinster Lingerie wir auch anzubieten haben. Der Durchschnitts-Tourist, wenn er denn sexuell freigelassen ist, denkt konkret, sucht konkret und kauft konkret und mag es offensichtlich. Wer sich jemals fragte, warum ein exquisites großes Haus wie das unsere, neben dem ausgesuchten Fachsortiment einen guten Schwung sexistischen Kram anbietet, hier ist die Antwort: weil die Touristen aus aller Welt danach verlangen und überzeugt davon sind, mit diesen Schätzen ein urtümliches Stück echten Sex von der Reeperbahn mitzunehmen.

Das macht so viel Sinn wie eine Voodoo-Puppe in Lourdes zu erwerben, aber der Kunde ist nun einmal König und sein Begehren ein Auftrag, dem wir uns ergeben beugen mögen. Deshalb tummeln sich im Eingangsbereich an der Quengel-Kasse für Ü18-Kinder eine Unmenge an aufziehbaren Hüpf-Penissen, essbaren Perlen-Strings, Flaschenöffnern mit Brüsten und anderer Kram. Deshalb hängen die Billig-Gerten, mit denen wir nicht einmal ein Pony traktieren würden, auf praktischer Greifhöhe für Spaßkäufer, die schon immer mal im heimischen Freundeskreis für verwegene Furore frisch von der Reeperbahn sorgen wollten.

Und nur weil wir im Grunde unseres Herzens wirklich gute Menschen sind, fragen wir Kollegen aus der Fetisch-Abteilung bei jedem Kauf einer mehrschwänzigen Gummi-Peitsche, die „so schön echt aussieht", gerne nach, ob das Objekt der Begierde als reiner Spaß-Kauf oder doch zum konkreten Einsatz gedacht ist.

Und wir ernten immer wieder leicht errötende Blicke zum Geständnis, „dass, naja man vielleicht doch schon gerne einmal ausprobiert hätte, wie sich so ein Ding denn anfühlt, wenn man es schon für die Kumpels in der Heimat besorge".

Immer wieder bieten wir dann ein ernsthaftes Verkaufsgespräch an. Weil man schon ein echter Masochist sein muss, um nach einem einzigen Schlag einer bitterbösen Gummi-Peitsche noch Lust auf einen weiteren zu haben. Und weil – entgegen allen Klischeedenkens der Unbedarften – sadomasochistische Lust eben nicht notgedrungen darin besteht, strafend Schmerz zu verteilen und sich als Sir-Super-Master-Dom dafür feiern zu lassen.

Ein gutes Schlaginstrument hebt einen auf eine Welle, die lustvoll und nuanciert zu reiten ist. Dafür gibt es eine Vielzahl perfekter Peitschen, über die wir eine Menge erzählen können. Und deshalb bleibt die fiese, zu Beginn verlangte Gummi-Peitsche mit Touristen-Preis in sieben von zehn Fällen dann schön an der Wand und landet aus guten Gründen nicht in der nicht neutralen Tüte, sondern wird durch ein Modell ersetzt, mit dem Mensch wirklich ausprobieren kann, wie sich SM anfühlt und was er in einem zu bewegen weiß, wenn man ihn realistisch ausprobieren möchte.

Viele Kunden wissen dies aber auch bereits sehr genau. Zu unseren liebsten Nationalitäten zählen sicherlich die Schweizer mit ihrer nicht nur sehr feinen und besonnenen Art, sondern auch dem sicheren Geschmack für besondere Toys und echte Exklusivität. Dass sie das deutsche Preisniveau als günstig empfinden und dementsprechend bei einem Hamburg-Besuch en gros einkaufen, verbindet sie mit den unzähligen Besuchern aus nordischen Ländern. Norweger, Finnen, Schweden - ihnen gehört in Beratungsgesprächen ganz klar unser Herz, denn es sind tatsächlich unheimlich tolerante Menschen, mit einem spannenden Blick über den Tellerrand. Für die Nordeuropäer ist Fetisch längst in der Normalität angekommen, viele verfügen über ein breit angelegtes Equipment und wissen ganz genau, was sie sich neues, hochwertiges gönnen möchten. Traumkunden. Unkompliziert, sehr freundlich, offen und kommunikativ. Meist Paare, die ihre gemeinsame Sexualität aufgeschlossen zelebrieren.

Währenddessen suchen die meisten türkischen Männer Ü40 erfolglos bei uns nach Sexkino-Kabinen, die bereits vor vielen Jahren abgeschafft wurden. Dennoch, man darf nicht verallgemeinern: Mein kleines, emanzipiertes Frauenherz sprang vor Freude gewaltig, als ich einmal ein persisches Paar beobachten konnte. Die beiden wirkten zunächst ungleichgewichtig, als er, eher wortkarg und dominierend, eine recht gemeine Auswahl an Produkten zusammentrug, seine - im Übrigen wunderschöne - Frau letztendlich aber sehr entspannt und gezielt die Endauswahl traf. Bei manchen Paaren bedarf es vermutlich einfach nicht vieler Worte.

Was nicht immer nur ein gutes Zeichen ist. Bis heute unvergessen bleibt mir ein deutscher Mann in Begleitung (s)einer sehr jungen asiatischen Frau, die den Blick vom Boden kaum hochbekam. Er wollte sie komplett in Latex eingekleidet wissen und wirkte dabei unangenehm herrisch, während sie ständig kaum merklich den Kopf schüttelte und schwieg. Nachdem ich weder sprachlose, menschliche Puppen ankleide, noch irgendetwas unterstütze, das nicht nach klarem Einvernehmen aussieht, brach ich diese Verkaufssituation nach einigen Minuten mit den Worten „dass es doch völlig ok sei, nicht jeden erotischen Wunsch für sich selbst übernehmen zu wollen" ab und würde diese Entscheidung immer wieder genauso treffen. Auch wenn der Ehemann unzufrieden mit dem Ergebnis wirkte, seine Frau atmete sichtlich auf.

Asiaten treffen wir tatsächlich sehr selten bei uns an. Keine Ahnung, woran das liegt. Vielleicht, weil endlose Fotorunden mit Selfie-Sticks nicht allzu gerne im Sexshop gesehen werden. Vor etlichen Jahren ging allerdings ein schüchterner Japaner in die Annalen der *Boutique Bizarre* ein. Der Mann verlief sich in eine mehr oder minder geschlossene Veranstaltung homosexueller Führungskräfte, die bei einer Gitta Saxx Porno-Präsentation irgendeinen Abschluss feierten.

Er war völlig paralysiert von all den Bildern und Filmsequenzen, in die er da so zufällig gestolpert war, konnte sich aber auch kaum mehr davon losreißen. Er selbst hielt sich in dieser großen Menschengruppe für völlig unscheinbar, griff hier zu einem Glas Prosecco, dort zu ein paar Knabbereien und genoss sein Schicksal sichtlich. Nun fällt ein schüchterner, kleiner Asiate in einer Gruppe nordischer Pornojünger allerdings gewaltig auf, weshalb er ungewollt für meine Kollegen und sogar für unseren Chef zur unvergessenen Attraktion des Abends wurde. Sie ließen ihn gewähren, schmunzelten aber sehr und erzählen sich heute noch davon, wie urkomisch es gewesen sei, als sich der verirrte Japaner, zum Abschied allen Mut zusammen nehmend, einen lange Zeit sehnsüchtig begutachteten Marzipan-Penis vom Stehtisch stibitzte und in seiner Jackentasche verschwinden ließ. Vermutlich wurde dieser Erotik-Spaß-Lolli für ihn zum Erinnerungsstück europäischer Sex-Kultur im Überfluss, als er das verwegene Etablissement schließlich mit leisem Lächeln unter vielen Verbeugungen verließ. Zumindest war es definitiv ein ganz großer Tag für ihn.

Franzosen und italienische Touristengruppen hingegen sprengen unsere Abteilungen meist mit großer Lautstärke und unter vielen „Mon dieu!"- und „Madre mia"-Rufen. So es einen Gott und seine Mutter geben sollte, sind sie in Südeuropa zuhause und werden herbeigerufen, wenn Dinge überwältigender sind als ursprünglich vermutet.

Russen kaufen in erster Linie teuer, in zweiter mit einer gewissen Dramatik und leider oft sehr abschätzend dem Personal gegenüber. Man mag es für ein böses Klischee halten, aber meine Erfahrung bestätigt sich leider immer wieder: Reichtum hat nicht immer besonders viel mit Stil zu tun, Geschmack lässt sich nicht kaufen und respektvoller Umgang gegenüber freundlichen Dienstleistern ist nicht jedem gegeben. Belassen wir es dabei, ich würde mich sehr gerne einmal vom Gegenteil überzeugen lassen.

Umso schöner war allerdings mal eine völlig durchgedrehte Gruppe mexikanischer Künstler, die so viel Spaß ins Haus brachten, dass meine Kollegin und ich aus dem Lachen gar nicht mehr herauskamen. Die circa zehn jungen Frauen und Männer waren auf der Suche nach Kleidung mit Einblicken und probierten sich offenherzig durch viele Modelle. Sie waren für irgendeine Veranstaltung bei *Kampnagel,* einem bekannten alternativen Kulturzentrum Hamburgs, für einige Auftritte gebucht und luden uns überschwänglich dazu ein, doch eine Vorstellung gratis zu besuchen. Irgendwie war von *Body-Artists* im mexikanisch-denglischen Wortgestümper die Rede, von Körperkunst in Verbindung mit Tanz, so ganz genau konnten wir die lachende Gruppe diesbezüglich nicht verstehen.

Nun ja, *Google* ist bekanntlich dein Freund, wir fanden im Internet Tage später einen kurzen Video-Mitschnitt des Auftritts, bei dem unsere lustigen Hazienda-Jünger zu lateinamerikanischen Rhythmen eine schmissige Performance ablieferten. Über weite Strecken hintereinander her tanzend, den Daumen im Anus des Vormannes steckend. Dass „Finger im Po – Mexiko" in irgendeiner Form über einen schwachen Sprachwitz hinausgehen könnte, hätten wir uns nicht träumen lassen, nun bleibt es unvergessen. Manche Dinge könnte man sich im Leben nicht ausdenken und manche schaffen es, selbst uns Kollegen im Sexshop, denen nur wenig Menschliches fremd bleibt, sprachlos zu machen. Nichtsdestotrotz, es war eine wirklich spaßige Truppe.

Auf einige weitere Nationen, deren Geschichten an anderer Stelle besser passen, komme ich später noch zurück. Ein kleines Erlebnis für sich sind jedoch stets die fröhlichen Menschen aus unserem geschätzten Nachbarland Österreich. Nun sind der Wiener und die Wienerin ja für ihren breiten Schmäh bekannt, aber wenn die Herzlichkeit der dialektischen Verniedlichungsform in einem Sexshop ertönt, dann ist das schon eine ganz große Nummer. Da mutiert hart wirkende Fetischkleidung zu netten Leder-Leiberln, böse Schlagwerkzeuge werden zu Gummi-Patscherln und wer sich als Flagellant schmerzhaft gut an das zischende Geräusch eines scharfen Bambusstocks erinnert, liegt beim verbalen Einsatz eines Rohrstaberls endgültig lachend unter der Kredenz.

Unvergesslich schön ist auch die kleine Geschichte einer sehr liebenswürdigen, wenn auch etwas überforderten Österreicherin mittleren Alters, die sich von ihrer Hamburger Freundin einige Flaschen in der Fetischabteilung erklären ließ. Es handelte sich - von der Freundin völlig richtig einsortiert - um spezielle Mittel zur Latexpflege, darunter auch eine flüssige Anziehhilfe für dieses schwierige Material:

„Und des? Was is' jetzt des genau?"

„Naja, das sind spezielle Mittel fürs Gummi."

„Braucht man da a Mittel für?"

„Ja, die blaue Flasche ist eine Anziehhilfe, damit man leichter reinkommt. Und die rote versiegelt das Gummi und es glänzt dann sehr schön."

„Dass ma' leichter reinkommt??? Du wüst mi pflanzen, oder?"

„Aber nein. Das enge Reinschlüpfen kann ja sehr schwierig sein. Damit flutscht es dann sehr gut."

„Wennst' meinst. Aber weshalb muss so an Gummi denn glänzen und was versiegelt ma' denn da bitteschön?"

Sprach's und schaute kopfschüttelnd weiter fassungslos auf die beeindruckenden 1-Liter Flaschen, bis wir lachend gemeinsam das kurzfristige Völkerverständigungsproblem lösen konnten: die Österreichische Dame hatte dialektsicher bei „Gummi“ nur an Kondome gedacht, deren vermeintliche Versiegelung nun wirklich viele Fragen aufwerfen würde.

Ja, auch wenn wir hier viele Sprachen sprechen und selbst mit Porno-Englisch aufwarten können, manchmal wird's schwierig oder eben sehr lustig, selbst im ganz nahen Ausland.

Kein Stück leichter hatte es mein Kollege Jo mit seinem Inder, der ganz klassisch unterm Turban steckte. Eben genau so, wie man ihn sich in *1001 Nacht* vorstellen würde. Der Klischee-Inder also, der hartnäckig immer wieder nach einer „Brille um zu sehen Frau nackt“ verlangte und keine Absage gelten lassen wollte. Er war überzeugt davon, dass es eine solche Brille, die irgendwann in den längst vergangenen 90ern eher im Scherzartikel-Versand angeboten wurde, gerade bei uns geben müsste.

Irgendwann platzte Jo der Kragen und er schmetterte ihm mit seinem norddeutschen Charme der Verzweiflung ein „Ja, ich habe es verstanden! Aber diese Brillen sind leider selten. Sie finden sie bei den fliegenden Teppichen, direkt neben den Wunderlampen!“ entgegen.

Unter den Erlebnissen mit internationalen Kunden wurde mein Herz von einem ganz stillen Rumänen berührt. Er muss vermutlich obdachlos gewesen sein oder einer Bettlertruppe zugehörig. Zumindest trug er alle Habseligkeiten in Plastiktüten mit sich herum und war bemüht, sich unsichtbar zu machen oder zumindest nicht aufzufallen. Ein armer Mensch, der es gewohnt ist, oft verscheucht zu werden. Er verbrachte geraume Zeit im Porno-Gang, um schließlich drei DVDs zu erwerben. Unter vielen, leisen Entschuldigungen kippte er mir 69,90 Euro aus einer kleinen Plastiktüte in

Münzen auf den Tisch. Ganz ehrlich? Noch niemals zuvor habe ich für einen Käufer inniger gehofft, dass ihn seine ausgesuchten Pornos für eine gewisse Zeit wirklich glücklich machen mögen. Und zur Beruhigung für moralisch einwandfreie Menschen: Ich kann guten Gewissens versichern, Ihre milde Gabe wurde nicht in Alkohol umgesetzt.

Verkraften wir gemeinsam an dieser Stelle auch noch die Erinnerung an einen deutschsprachigen Franzosen, der lange Zeit vor der Auswahl der Sexpuppen herumstand und sehr konkrete Vorstellungen ihres Aussehens hatte? Pah! Sexpuppen! Da weiß man doch gleich, welch Geistes-Kind in solch einem Käufer steckt, nicht wahr?

Nun, manchmal ist es ganz anders, als man denkt. Der Mann interessierte sich in keiner Form für die genitale Beschaffenheit der Puppen, sondern nur für Gesicht und Anatomie. Und als äußerst berührend empfinde ich seine leise Erklärung im gemeinsamen Gespräch: Seine Frau sei vor einiger Zeit verstorben und er könne ohne ihre Nähe einfach nicht mehr schlafen.

Kann man nachwirken lassen, oder? Ganz ohne Pointe.

2.2

Ich habe da mal eine ganz blöde Frage ...

Yeah! Mein absolutes Lieblingskapitel. Viele Kunden sprechen diesen Satz selbst aus, gefolgt von einer Frage, die ihnen irgendwie auf dem Herzen liegt. Manche sind dann gar nicht so blöde, sondern durchaus nachvollziehbar und dann antworten meine freundlichen Kollegen und ich natürlich mit dem bewährten Klassiker, dass es keine dummen Fragen gäbe, sondern nur dumme Antworten.

Aber ganz unter uns: Manchmal ist das gelogen. Es werden uns eine Menge blöder Fragen gestellt. Süß-blöde. Frech-blöde. Blöd-blöde. *What the fuck* hast du das wirklich gerade gefragt-blöde. Ohne mich in der jeweiligen Kategorie festlegen zu wollen, lasse ich Sie gerne mal an einer willkürlichen, kleinen Auswahl teilhaben:

Wie alle Bekleidungsgeschäfte dekorieren auch wir Wäsche teilweise auf Schaufensterpuppen, die mitten im Laden stehen. Diese Puppen haben europäische Standardmaße, sind also spindeldürr und tragen die berühmt-verhasste Size Zero. Kann man gut finden oder auch nicht, zumindest ist man in unseren Breiten an sie gewöhnt. In den USA gibt es andere Puppen. Diese haben dieselbe Wespentaille, aber einen großen Busen. Also ein F- oder G-Körbchen, somit eine Oberweite, die der heutigen Realität der Frauen um einiges näher kommt, ganz egal, ob der Arzt oder die Natur nachgeholfen haben, viele Frauen tragen diese Größen.

Und wir haben eine solche US-Puppe bei uns im Laden stehen.

In Dessous.

Mit F-Brüsten.

Ich muss nichts weiter sagen, oder?

Ja, es ist unglaublich, wie viele normale, gestandene Männer tatsächlich beidhändig, mit verklärtem Blick einer Schaufensterpuppe an die Brüste fassen, um dann die alles entscheidende Frage zu stellen:

„Boah! Sind die echt??"

„!?! - Äh - nein. Es ist eine Puppe."

„Ja, schon, aber so prinzipiell …"

„Prinzipiell ist das immer noch eine Puppe."

„Ich wollte schon immer mal wissen, wie die sich in solch einer Größe anfühlen …"

„Nach Plastik vielleicht? Puppe und so …"

„Ja, aber man spürt ja vermutlich einen Unterschied."

„Und? Spüren Sie einen Unterschied?"

„Na hier geht das ja nicht, ist ja 'ne Puppe."

„Mhm."

Ein absoluter Klassiker ist natürlich das oft formulierte Anliegen: „Eine neutrale Tüte, bitte!" Natürlich verstehen wir das, aber ganz ehrlich, es mutet doch auch ein wenig niedlich an, oder?

Der Mensch trägt problemlos eine Unmenge an Werbung für Billigdiscounter durch die Stadt. Wir schleppen nötigenfalls zwanzig Rollen WC-Papier mit Spekulatiusduft durch die Welt, legen Damenbinden und Haftcreme aufs Kassenband, outen uns mit Stützstrumpf-Tragetaschen aus dem Sanitärhaus, Diätprodukten im Einkaufswagen, verkohlten Raucherlungen auf der Zigarettenschachtel und der deutlich erkennbaren *Weight-Watchers*-App auf dem Smartphone. Aber wenn wir irgendetwas kaufen, das uns Spaß und eine glückliche Sexualität beschert, könnte es zu delikat sein, damit in der Öffentlichkeit gesehen zu werden?

Nun kann man an dieser Stelle natürlich mit dem verschwurbelt schönen Argument der Intimität kommen. Den Blumen und Bienchen, der Liebe und den wunderbaren Geheimnissen der Zweisamkeit. Alles vollkommen gut und richtig. Aber wir sprechen von schicken, lilafarbenen Tragetaschen eines normalen Einzelhandelsgeschäftes, die da vermeintlich untragbar erscheinen. Nicht vom „Schöner Ficken"-Aufdruck eines ortsansässigen Swinger-Clubs.

Hand aufs Herz: Deutlicher als mit einer neutralen, schwarzen Knitter-Tüte kann man nicht in einem Sex-Etablissement gewesen sein. Diese Offensichtlichkeit ist nur noch durch ein neutrales braunes Paket mit Flensburger Absender zu toppen. Und auch wenn wir es immer wieder einmal erleben: Es wird nicht unbedingt besser, wenn man unsere Tüten auf links dreht und hofft, dass das kein Mensch auf dem Nachhauseweg seltsam findet.

Mein wirklich liebevoll gemeinter Vorschlag: Heute trägt man seinen neu erworbenen Lustspender aufrecht und mit Stolz oder einfach ungezwungen normal nach Hause. In einer sehr schicken Tüte, aus einem sehr stilvollen Haus. Auch wenn wir uns immer bemüht und einfallsreich zeigen, um nötigenfalls auch die Verpackungsfrage zu Ihrer vollen Zufriedenheit zu lösen. Es gab schon Situationen, in denen Kollegen ihre persönlichen Lebensmitteleinkäufe umpackten, um eine neutrale Discountertüte auszuhändigen.

„Wenn ich jetzt für 100 € einkaufe, was lässt sich denn dann am Preis machen?"

„Ab 500 € Barzahlung kann ich Ihnen gerne 3% Skonto anbieten."

„Das ist aber hart. Hundert Euro sind doch auch schon viel Geld."

„Wie handhaben Sie das denn, wenn Sie sich einen Toaster, Sportschuhe oder eine Regenjacke kaufen?"

„Das ist ja eher etwas anderes." Mit *Sie wissen schon*-Augenzwinkern.

„Äh nein, eigentlich nicht."

„Man kann wohl nicht mit Ihnen handeln, oder?"

„Leider nein. Was halten Sie davon, wenn ich Ihnen ein Tütchen unserer leckeren Herz-Weingummis heimlich mit in die Tüte mogle? Zur kleinen Versüßung der schmerzhaften Ausgabe?"

Und die wird dann tatsächlich gerne genommen und genügt oft vollkommen. Das Sexshop-Kunden-Händler-Herz hat gewonnen. Ist es nicht wunderwunderschön?

Auch ein beliebter Selbstläufer: Einen Dildo oder Vibrator zu bezahlen, um anschließend die Frage zu stellen, ob man ihn umtauschen könne, wenn die Größe nicht passe.

Oft reicht ein lächelnder Blick, manchmal müssen wir aber doch konkretisieren: „Ich bedaure, das ist ein Hygieneartikel. Sobald die Versiegelung der Verpackung geöffnet wurde, können wir ihn leider nicht zurücknehmen. Außerdem sehen Sie ja jetzt die Größe."

„Äh, stimmt. Das war jetzt vielleicht eher eine blöde Frage."

„Aber nein …"

Bei jungen Frauen, die uns abends in Begleitung eines Mannes besuchen, der gut und gerne mindestens ihr Vater sein könnte und den halben Monatslohn eines mittleren Angestellten auf den Tisch blättert, um das schöne, junge Feenwesen auf einen Schlag x-fach neu einzukleiden, rechnen wir oft bereits am folgenden Tag mit der Frage aller Fragen.

Denn Aktion Sugar-Daddy zieht fast immer den Versuch eines Umtauschs nach sich. Und es ist wirklich putzig, wenn das stark geschminkte, blühende Leben uns die gesamte Ausbeute der vergangenen Nacht wieder auf den Tresen wuchtet und allen Ernstes überzeugt davon ist, wir würden diese nun in ersehnte Kohle, bar auf die Kralle, tauschen.

„Das passt dummerweise alles nicht so gut. Ich muss die Sachen leider zurückbringen."

„Wie schade, dabei sah gestern doch alles so passend aus."

„Ja, leider. Passt alles nicht. Muss zurück."

„Die Dessous sicher nicht, Wäsche ist vom Umtausch ausgeschlossen. Deshalb kann man ja vorher hier probieren."

Schluckt schwer, „Äh, aber die Kleider gehen doch zurück?"

„Aus Kulanz ja, darüber kann ich dir einen Warengutschein ausstellen."

„Ist es blöd zu fragen, ob ich nicht lieber das Geld zurückhaben könnte?"

„Blöd? Nein. Aber wir stellen leider nur Warengutscheine aus. Bei der Menge hier kannst du dir dann lange Zeit viele Sex-Toys bei uns aussuchen."

„Ich glaube, dann behalte ich lieber doch die Sachen."

Immer wieder der Klassiker: Die vertraulich geflüsterte Frage, ob wir denn hoffentlich eine Kundentoilette hätten. Gefolgt von vor Schreck geweiteten Augen, wenn wir diese Frage verneinen. Besuche in Sexshops scheinen einen fast automatisierten Druck auf die Blase auszulösen. Aber wir müssen leider enttäuschen. Toiletten in Sexshops haben sich als nicht so besonders sinnvoll erwiesen. Es genügt völlig, dass wir immer wieder Pärchen ertappen, die Umkleidekabinen zweckentfremden. Wer sich bei *H&M* nicht traut, setzt spätestens bei uns alles auf eine Karte und erfüllt sich die Fantasie eines geheimen Quickies in anregendem Ambiente und ist oftmals verwundert, dass ausgerechnet wir den Saubermann spielen und diese spontane Familienzusammenführung eher weniger witzig finden.

Wird man von einem genervten Kollegen erwischt, kann das ziemlich ungemütlich werden. Denn natürlich bemerken wir diese kleinen Abenteuer fast immer. Und wir werden halt nicht allzu gerne für dumm verkauft. Einer unserer Starverkäufer konterte kürzlich auf ein eindeutiges Pärchen, das ein paar Dessous mit den lockeren Worten „Tja, da war leider nichts dabei, ne" wieder auf den Tresen legte, mit einem gelassenen „Aber für einen Blowjob in der Kabine hat's gereicht, nicht wahr? Die müssen wir jetzt übrigens saubermachen." – Kurze Stille zwischen den Herren, deutliches Erröten bei der involvierten Dame, schließlich ein wortlos gezückter Geldschein für besondere Bemühungen. So etwas kommt vor und entbehrt nicht einer gewissen Komik. Aber ganz ehrlich: Wir erarbeiten uns Trinkgelder lieber mit wirklich guter Beratung.

Ich persönlich mag solche Nummern etwas subtiler, stehe lächelnd vor der Kabine und biete freundlich an „das Teil gerne eine Nummer größer zu bringen oder nach einem neuen Modell zu suchen". Wer meinen Humor nicht teilt, fühlt sich nur bis zum Abbruch gestört; wer ihn versteht, verrät sich durch Lachen in Schnappatmung. Auf jeden Fall wird die Umkleidekabine sehr schnell wieder frei. Die einen verlassen sie mit einem ertappten Grinsen, die anderen versuchen sich in offensiven Fragen, wie „Mal ehrlich, wo wenn nicht hier?".

Es wurde mir auch von einem Kunden, der sich als Solo-Mann für eine knappe Stunde mit Gummi einschloss, allen Ernstes einmal vorgeworfen, dass ich ihn „penetrant gestört" hätte und er dies als „übergriffig" empfände. Die Frage, wer von uns beiden die Latexteile nun reinigen müsse, wurde nicht näher erörtert.

Wie auch immer: „Wo, wenn nicht hier" ist ein Rohrkrepierer. Unser Herz hat großes Verständnis für lustvolle Pärchen auf Abwegen, unser Verstand als Einzelhändler eines stilvollen Fachgeschäfts sagt deutlich Nein. No. Nee. Nej. Nu. Niet. Oder auch *la,* wenn es auf Suaheli sein soll. Auch wenn uns manche Touristen hartnäckig als skurriles Kabinett abgefahrener Sex-Exklusivitäten sehen möchten, wir sind ein Ladengeschäft. Ein gewaltig großes zwar, aber immer noch ein Fachhändler, kein Pornoschuppen. Deshalb hängen auch so lustige Preiszettelchen an all unseren Waren, die eigentlich die blödeste aller Fragen ab absurdum führen sollten:

„Ach!? Sie verkaufen das alles auch?" gehört eindeutig auf die Top-Ten-Liste ausgesprochenen Besucher-Unfugs. Natürlich neben so charmanten Dingen, wie den eigenen ollen Schlüpper hinter den Spiegel der Umkleide zu stopfen, wenn man denn schließlich einen neuen Slip erworben hat. Oder vor der riesigen Wand einer ganzen Produktreihe zu stehen und sich grundsätzlich erst einmal rückzuversichern, ob das *alles* sei, was wir hätten. Ja, wir bedauern, neben den rund 30 unterschiedlichen Massageölen, vor denen Sie gerade stehen, verstecken wir keine weiteren im Lager. Zu solch einer Antwort kann man dann schon einmal kommen.

Mich persönlich treiben ja ganz andere Fragen um. Der deutsche Vertrieb amerikanischer Sexpuppen meldete beispielsweise nur drei Monate nach dem Amtsantritt Donald Trumps, dass das Modell *BLOW UP TRUMP* aktuell restlos ausverkauft sei. Es sei eine besonders hässliche Puppe mit orangefarbener Haut und einem sehr weichen Penis, die als (Zitat) „diejenige mit dem größten Arschloch" beworben und deutschlandweit in unglaublichen Stückzahlen vertrieben worden sei. Das Modell *HORNY HILLARY* hätte während des US-Wahlkampfes nicht annähernde Umsatzzahlen erreicht.

Nun, wir verkaufen diese Puppen nicht, wir boykottieren sie. Das ist eine Frage des guten Stils. Aber ich hätte da auch mal eine ganz blöde Frage:

„Wer zum Teufel sind die abertausend Menschen, die allen Ernstes diese Puppe erwarben? Selbst wenn wir aus guten Gründen von Spaßkäufen ausgehen wollen, bekanntlich ist einer der letzte in der Geschenke-Kette. Wer dort draußen, fickt tatsächlich Donald Trump?"

2.3

Ein überraschendes Paradies für Freigeister

„Macht mich das an?"

„Das macht dich an, Schatz!"

„Stimmt, aber ehrlich gesagt fühle ich mich gerade eher wie eine schrecklich langweilige Heilige. Himmel, was es nicht alles gibt! Ups, eine Gesichtsmaske mit Innenkondom, wie praktisch …"

Es wird nicht weiter verwundern, aber mit die liebsten Sexshop-Kunden sind für uns natürlich die toleranten, offenen Freigeister. Diejenigen, die gar nicht unbedingt alles für sich selbst gut finden, aber eine ganz großartige Eigenschaft besitzen: sie sind unvoreingenommen, neugierig und interessieren sich grundpositiv auch für Dinge jenseits ihrer eigenen Neigungen. Das ist toll! Mehr braucht es gar nicht, um ein gerngesehener Besucher und sympathisch-toleranter Mensch zu sein.

„Mein Gott! Hilde, schau! Des is' ja all's in echt! Ich hob immer 'dacht, des gäb's all's nur im Film! Aber des G'schäft gibt's ja real. Kumm! Kumm rein, da schau! Mit all den schwarz'n, b'sondern Sach'n, wie im Tatort und in dene Reportagen!"

Herzerfrischend, oder? Und sind sie erst einmal losgelassen, wird der Besuch rundum zelebriert, jede Ecke durchstöbert, alles in Augenschein genommen, denn solch eine Chance bietet sich so schnell nicht wieder. Ja, natürlich gibt es uns wirklich, denn als reine Kulisse für all die vielen TV-Formate, die regelmäßig bei uns drehen möchten, wäre der ganze Zauber definitiv unbezahlbar. Keine der Damen wird jemals selbst in „die schwarz'n, bsonder'n Sach'n" steigen, aber das ist ja auch gar nicht nötig. Sie sind freundliche, aufgeschlossene Besucherinnen, die nicht bewerten, sondern bestaunen und das ist völlig in Ordnung so.

Bei einem Pärchen aus irgendeiner Großstadt hört sich die Sache etwas anders an, aber der Grundtenor bleibt ähnlich:

„Also, das ist ja fantastisch. Sagen Sie, es muss doch wirklich spannend sein, hier zu arbeiten. So viele unterschiedliche Menschen, so viele Erfahrungen und eine solche Menge an besonderen Dingen. Toll. Haben wir so noch nicht gesehen. Das meiste wäre jetzt nicht unbedingt etwas für uns, aber es ist faszinierend, sich mal umschauen zu können."

Ja, klar! Herzlich willkommen! Schön, dass Sie da sind.

Ebenso nett, eine Dreiergruppe Männer mittleren Alters, die mit viel überschwänglichem Hallo den Laden bestaunten. Einer war kaum mehr aus der Fetisch-Ecke loszueisen:

„Ich muss hier ja nicht alles verstehen. Aber kucken - kucken darf ich."

„Na dann pass mal auf, Werner. Nicht, dass du heute Nacht noch schlecht träumst."

„Himmel! Ein Krankenschwester-Kostüm! Wisst ihr, dass ich mein Leben lang von einer Nummer mit einer Frau in solch einem Teil träume??"

Wir lachen alle zusammen, als ich schmunzelnd einwerfe, dass es nie zu spät ist, sich seine Träume zu erfüllen. Und schließlich stellen ihn seine beiden *best buddies* neben die *Nurse*-Puppe, die er freudestrahlend umarmt und machen ein paar Handyfotos.

„So, Werner. Für dich und deine feuchten Träume. Damit das noch was wird, bevor dich hässliche Schwestern im Altenheim totpflegen."

Nachdem wir unser riesiges Sortiment auch regelmäßig verkaufen, ergänzen und erweitern, muss es aber natürlich auch eine Menge zufällig Verlaufener geben, denen nicht nur die Augen übergehen, sondern auch die Wunschzettel. Klar sind uns die freudvoll Begeisterten die liebsten Überraschungsgäste, so ein horrendes Sexshop-Fachangestellten-Gehalt will ja schließlich auch bezahlt sein.

„Oh my god! The black side of paradise! Now, I'm at home!" Das, was sich aus internationalen Kehlen manchmal fast wie ein sehnsüchtiger Songtext anhört, klingt im Deutschen etwas sperriger, aber nicht minder erfreulich:

„Schatz, jetzt haben wir das Problem, damit war nicht zu rechnen. Wir gehen hier erst wieder raus, wenn wir alles durch haben. Jetzt muss die Urlaubskasse dran glauben."

Das sind dann Sexshopvertraute-Kunden, die sich über eine Auswahl freuen, die weit über das Programm der vielen kleinen Läden, die mittlerweile von Deggendorf bis Flensburg und von Krefeld bis Cottbus zu finden sind, hinausgeht.

Eines meiner liebsten verlaufenen Touristen-Pärchen, ist ein recht junges aus der Stuttgarter-Gegend. Im ersten Jahr kamen sie als normale Städtereisende in den hohen Norden. Dann machte er ihr auf dem Hamburger Dom (dem großen Jahrmarkt mit Fahrgeschäften) im Riesenrad einen wildromantischen Heiratsantrag. Anschließend besuchten die beiden die *Boutique Bizarre* und fanden dort einige schöne, fesselnde Dinge. Seitdem kehren sie - inzwischen glücklich verheiratet - jeden Sommer für einen Kurztrip nach Hamburg zurück. Der schönen Erinnerung wegen und um vor allem um ein Versprechen immer wieder neu zu erfüllen: ihre Leidenschaft füreinander zu bewahren und somit ihr Glück zu sichern. Der Lust-Koffer der beiden hat inzwischen beträchtliche Ausmaße angenommen, aber nach der obligatorischen Riesenradfahrt steht immer noch unser Laden auf ihrem Programm und man kann ihnen ansehen, dass es sich dabei um ein ganz großartiges Ritual handelt. Sie sprühen wie am ersten Tag füreinander.

Und mich macht es wirklich glücklich, dass Menschen wie diese uns ihre Geschichte(n) erzählen. Es ist großartig, ein Teil davon werden zu dürfen und die Offenheit geschenkt zu bekommen. Vielleicht ist solch ein besonderes Haus ein guter Platz für intime Geständnisse. Vielleicht sehnen wir Menschen uns aber auch einfach nach Orten, an denen wir offen und unverfälscht sein dürfen.

Das ist nicht für jeden gleich einfach und auch wir Kollegen müssen uns immer mal wieder daran erinnern, dass unser täglicher Umgang mit den Dingen nicht der Maßstab sein kann und darf.

Ich erinnere mich an eine Dame, die sich sehr für erstes SM-Zubehör interessierte, aber sich noch völlig um Klischeefragen und Schubladen drehte:

„Ja, bitte, ich bräuchte ein paar Tipps zu Produkten von Ihnen. Aber Ihr Wissen darüber ist doch sicherlich eher theoretischer Natur?"

„Äh, nein, warum?"

„Na, ich denke doch schon. Sonst müssten Sie ja eine Domina sein."

„Nicht unbedingt, ich könnte SM auch von der anderen Seite kennen oder einfach ein Mensch mit einer vielseitigen Sexualität sein."

„Aber ich habe gelesen, Frauen in diesem Bereich seien Dominas."

„Also denken Sie vermutlich auch, dass sich Frauen in diesem Bereich auf irgendeine vorgeschriebene Weise verhalten müssen?"

„Davon gehe ich aus, ja."

„Also wenn Sie mich fragen, können und dürfen Menschen gerade in ihrer Sexualität alles sein, was sie sein wollen. Es gibt glücklicherweise kein Regelwerk dafür. Auch nicht für Frauen, die SM spannend finden."

Für mich ist es immer wieder faszinierend, in einem Job zu arbeiten, der Gespräche ermöglicht, für die Psychologen, Therapeuten und auch Glücksforscher lange Wartelisten führen müssten. Und bei denen das Resümee in den meisten Fällen locker, leicht, witzig oder auch sehr berührend ausfällt.

Wer sich zufällig zu uns verläuft und auch nur ein wenig lustvolles Grundnaturell mitbringt, kommt mit Sicherheit wieder. Die einen nutzen die Chance, dann auch nach Clubs oder Empfehlungen für frivole Abendgestaltung zu fragen. Andere wollen einfach mal mit einem Menschen reden, für den Sex keine heimliche Form außerirdischen Lebens darstellt. Nicht jeder Kollege ist dafür der perfekte Ansprechpartner, aber im Großen und Ganzen bleiben wir kaum eine Antwort schuldig. Und mich persönlich berühren dann wirklich die kleinen, menschlichen Momente.

Wie eine sehr sympathische Mutter, die mit der Bitte um Beratung für Silikon-Brustprothesen zu mir kam. Wir verkaufen diese Produkte an **Transgender**, **Travestieleute** und **Transvestiten** ebenso wie an Frauen, denen in einer Krebs-Operation beispielweise eine Brust abgenommen wurde. In diesem Fall fragte die Dame allerdings für ihre (noch) minderjährige Tochter, die sich in der psychologischen Phase einer anstehenden Geschlechtsanpassung befand. Das ist eine aufreibende Zeit zwischen den Welten und die Besonderheit lag eben darin, dass dieses Mädchen die Chance dazu benötigte, nach den Gesetzen des Jugendschutzes allerdings, mit 17 Jahren zu jung war, um unser Geschäft betreten zu dürfen. Sie wartete im Café nebenan. Und wir haben schließlich verschiedene Modelle neben der Hand ihrer Mutter per Handy fotografiert, um die Größenunterschiede sichtbar zu machen. Als ich später dieser Frau meinen Respekt für ihre bedingungslose Liebe und die Unterstützung ihrer Tochter zum Ausdruck brachte, war das ein berührender Moment für uns beide und sie war nicht die einzige, die dabei Tränen in den Augen hatte. Mag lächerlich klingen, aber diese Mutter leistet Großes und ich finde, Menschen dürfen sich das wertschätzend sagen.

Manche Besucher kommen bereits als Freigeister, andere werden hier manchmal dazu. Das ist etwas, worauf ich ehrlich gesagt auch ein wenig stolz bin. Glücklich auf jeden Fall, denn miteinander sprechen bringt Menschen zusammen und es ist toll, wenn Austausch das Verständnis für manche Dinge verändern kann.

Mein persönliches Highlight war eine Begegnung mit einem beeindruckend offenen und interessierten Mann. Ein klassischer Hamburg-Tourist, der sich eher zufällig zu uns verlaufen hatte, wie man bei einer Städtereise eben vieles an Attraktionen mal so mitnimmt, wofür man ansonsten weder Zeit noch Muße findet. Wir kamen ins Gespräch, er interessierte sich für ein paar Dinge, die ihm skurril vorkamen, aber er war eben erfreulicherweise auch bereit, seine Bedenken zu formulieren:

„Sagen Sie, all diese Fetisch-Sachen hier – dieses Lack und Leder und die Vollgummi-Masken, die Sie in dieser Abteilung führen – das ist doch nicht normal oder?"

„Es mag Ihnen fremd sein, aber warum halten Sie es für unnormal?"

„Naja, die Menschen, die das alles brauchen, die können doch nicht normal sein? Da ist doch irgendwas ganz schrecklich schief gelaufen?"

„Erlauben Sie mir eine Gegenfrage: Finden Sie ein schönes Damenbein in einem hauchzarten Nylonstrumpf und hochhackigen Pumps erotisch?"

„Natürlich, das ist doch normal. Sehr schön, ansprechend und verführerisch."

„Nein. Das ist weder normal, noch unnormal. Das ist einfach etwas, das Sie in Ihren Erfahrungen positiv abgespeichert und in Ihrer Prägung mit sexuellen Reizen verknüpft haben. Bewusst oder unbewusst und deshalb empfinden Sie es als erotisch."

„Interessant. Und Sie meinen damit, andere haben einfach andere Reize verknüpft?"

So entwickelte sich unser Entree zu einem längeren Gespräch über die Vielfältigkeit von Lust, über Neigungen und Abgrenzungen. Eines, das uns beide wirklich interessierte und in dessen Verlauf sich noch einige andere Besucher mit einbrachten. Als mir dieser Herr schließlich seinen festen Händedruck anbot und sich mit den Worten: „Das war ein überaus spannender Austausch. Ich danke Ihnen sehr dafür, Sie machen viel mehr, als nur irgendeinen Job hier. Beeindruckend." verabschiedete, war dies wirklich großes, zufriedenes Glück für mich.

Manchmal vergessen meine Kollegen und ich, wie oft wir für unsere Besucher viel mehr, als nur der nächste erreichbare Verkäufer sind. Und manchmal ist es durchaus schön, daran erinnert zu werden. Hin und wieder bekommen wir sogar Trinkgeld oder überraschende, kleine Geschenke.

Wie von dem besonders netten Kunden, der mir vor dem Gehen ein kleines, hübsches Päckchen über den Tisch schob.

„Da drüben hat gerade ein neuer Laden mit leckeren Dingen aufgemacht. Eigentlich wollte ich das einer Freundin mitbringen. Aber weißt du was, ich würde es jetzt einfach gerne dir geben. Danke für deine Zeit und dein Ohr."

Als ich die Verpackung öffnete, befand sich darin ein mit buntem Glitzerglimmer dekorierter Cupcake. Was für eine bezaubernde, wundervolle Geste!

3

Männer & Frauen auf Abwegen

3.1

Der Montagmorgen-Porno-Power-Man

Man mag es glauben oder nicht, wahr bleibt es dennoch: Neben den Wochenendabenden und -nächten, in denen Scharen von Partyleuten und Kiezbummlern unterwegs sind, gehört der Montag mit zu den umsatzstärksten Tagen im Erotik-Business. An Montagen fallen die vielen Touristen weg, dafür besiedelt der immer wiederkehrende Kunde meist eine einzige Abteilung des Hauses.

Der klassische Montagmorgen-Porno-Power-Kunde ist männlich, mittleren Alters, trägt meist gute Anzüge und geht zielgerichtet in die hinteren Gänge. Er weiß genau, was er sucht, hält sich nicht mit Beratungsgesprächen oder paartauglichen Toys auf, sondern verschwindet fast unsichtbar im großen, weiten Meer der Porno-DVDs. Meist ist er mit der Themenordnung dort bestens vertraut, kennt seinen bevorzugten Bereich und entscheidet sich schnell für die Neuheiten, die ihn ansprechen. Wenn er zur Kasse kommt, hält er einige bis einen ganzen Stapel DVD-Hüllen in der Hand, belässt es bei einem freundlichen Gruß, wartet bis wir ihm die Filme herausgesucht haben und verlässt ebenso schnell wie er kam damit wieder den Laden. Er bezahlt entweder mit der schwarzen *Amex* oder in bar. Auch wenn wir selbstverständlich Kontobelastungen mit einem neutralen Namen durchführen, gehört Barzahlung in diesem Geschäft bei Solo-Männern eindeutig zur bevorzugten Zahlweise. Es ist von Vorteil, dem Steuerberater Fragen zu Abbuchungen vom Geschäftskonto plausibel erklären zu können. Ein Prinzip, das sich auch für viele glückliche Ehen als erfolgreich erwiesen hat.

Nun fragt man sich natürlich irgendwann, warum ausgerechnet der Montag? Was bringt den gutsituierten Business-Mann, während der Mittagszeit aus dem Büro eilend - und das liegt ganz sicher nicht Nähe Reeperbahn - regelmäßig montags dazu, sich einen Schwung Pornos zu kaufen? Oftmals für mehrere hundert Euro. Und oftmals sehr böse, sehr dreckig und eher nicht tauglich, um mit der Gattin eine anregende Abendgestaltung zu planen?

Die Antwort könnte einige Wolkenkuckucksheime erschüttern, aber sie liegt auf der Hand: Weil in jedem Anzug ein Mann steckt. Ganz egal, wie oft er den Müll rausbringt, am Samstag gottergeben bei *IKEA* war, am Sonntag die Kinder und die geschätzte Schwiegermutter bei Kaffee und Kuchen bepuschelte, nach so einem Wochenende hat er die Nase voll von Familie. Dann kommt der Wolf raus, dann will er Fleisch und schmutzigen Sex. Da er trotzdem anständig bleiben möchte, gibt es das Fleisch eben kiloweise digital hinter der abgeschlossenen Bürotür bei nicht nur gelockerter Krawatte. Alternativ abends auf dem eigenen Laptop, wenn die kindererschöpfte Gattin frühzeitig zu Bett geht, um ihn noch die Umsatzstatistiken des 3. Quartals prüfen zu lassen. Da wollen wir mal nicht pingelig sein, ein hungriger Wolf findet sein Schaf.

Boah! Das klingt gemein, nicht wahr? Aber es hilft ja nichts, an die schöne Idee zu glauben, Heerscharen verheirateter Männer würden der streng geheimen Gemeinschaft *No Sex! – Save family time!* angehören und einmal wöchentlich erworbene Porno-DVDs dankenswerterweise einer rituellen Verbrennung zuführen. Also ich tue mir mit dieser Idee ein wenig schwer. Aber ich bin ja auch nicht verheiratet.

Vor allem aber bin ich nicht der Maßstab, denn um ehrlich zu sein, ich finde es nicht sonderlich schlimm, wenn Männer hin und wieder Pornos schauen. Manche - wenn auch zugegebenermaßen wenige - gefallen mir auch.

Ich finde diese Geschichten eher bedauerlich. Sie erzählen doch viel mehr vom Wochenende als von diesem *fucking* Montag. Der ist letztendlich nur ein Ventil, ein Ausbruch aus dem Funktionieren, ein geiler Fantasie-Trip durch schmutzige Hintergedanken. Und die sind bekanntlich frei und niemandem Rechenschaft schuldig. Aber da scheint mit dem guten alten Samstag-Badetag, auch der wöchentliche Gute-Nacht-Schatz-Sex verloren gegangen zu sein. Und das ist doch wirklich schade, oder nicht?

Denn wer weiß, unter Umständen ist der Montagmorgen-Porno-Power-Man sogar mit einer der Frauen verheiratet, die zum nächsten Typus gehören. Und beide ahnen nichts davon. Das wäre dann echte Ironie des Schicksals.

3.2

Drei Typen von echten Heldinnen

Es gibt einen Kundinnen-Typus, den gerade wir weiblichen Angestellten unheimlich gerne haben und dem wir viel Respekt entgegenbringen. Frauen, die noch niemals zuvor in ihrem Leben einen Sexshop betreten haben. Frauen, denen dieser Schritt lange Zeit undenkbar war und die es teilweise sehr große Überwindung kostet, ihn nun zu tun. Aber jetzt haben sie einen Plan, jetzt handeln sie aus Überzeugung und jetzt kann ihnen kaum mehr etwas im Wege stehen, das sie stoppen könnte. Echte Frauen eben, weshalb die Bezeichnung Heldinnen natürlich auch amüsant gemeint ist, aber eigentlich ist sie zutreffend. Mit aller Achtung, das sind Superfrauen und ich kann es beweisen.

Üblicherweise gibt es drei mögliche Gründe für diese Heldinnen, ihren gefassten Plan umzusetzen. Der erste ist der schönste:

„Jetzt gönne ich mir was. Jetzt komme ich!"

Dieser Satz entspringt nicht meiner blühenden Fantasie, sondern wird von Kundinnen immer wieder ausgesprochen. Oft sind es Frauen von Anfang vierzig bis Anfang sechzig. Frauen, die vermutlich ihr bisheriges Erwachsenenleben ausschließlich für die Familie geführt und sich offensichtlich mit ihrer Sexualität nie groß beschäftigt haben. Man hat sie halt und sie bewegt sich im bekannten Rahmen. Im Verliebtheitsmodus war sie etwas spontaner, mit der Zeit und den Kindern hat sie sich ausgeschlichen. Zumindest waren ganz persönliche Fantasien und Wünsche nie ein großes Thema in der Partnerschaft. Manchmal sind sie geschieden, für eine Jüngere verlassen worden oder sie wagen sich ohne Wissen ihres Mannes aufs erotische Parkett. Denn jetzt geht es erst einmal nur um sie, den Partner werden sie vielleicht zu gegebener Zeit an ihrem Wandel teilhaben lassen. Ja, so ticken Heldinnen. Und man(n) sollte große Achtung vor ihnen haben.

Diese Frauen suchen sich bewusst einen Erotik-Shop aus, der ihren Ansprüchen gerecht wird. Kein billiges Ambiente mit Doppelfickfäusten hinterm Kettenvorhang. Es geht ihnen ja genau darum, der eigenen Sexualität endlich den passenden Rahmen zu geben. Und diese ist etwas Besonderes, etwas, das es wieder- oder neuzuentdecken, nicht niederzuficken gilt.

Die „jetzt bin ich dran"-Heldin betritt unauffällig nachmittags den Laden, lässt das Sortiment auf sich wirken, schaut sich viele Dinge an und sucht sich ganz bewusst eine weibliche Verkäuferin aus, die ihr passend erscheint. Und der schenkt sie dann direkt reinen Wein ein. Ein Glas „weiß nicht was" und einen Schoppen „helfen Sie mir bitte weiter". Sehr ruhig, sehr überzeugend und unheimlich offen und sympathisch.

In fast allen Fällen erfahren wir von ihnen ihre halbe Lebensgeschichte. Von Zurückstecken und fehlender Wahrnehmung ist dann ganz viel die Rede. Ohne Vorwurf, eher eine rationale Bestandsaufnahme. Und jetzt müsse sich das alles gewaltig ändern, man habe doch nur dieses eine Leben, das man auch leben solle, oder nicht?

Ja, sollte man. Und Sexualität ist nur eine Facette davon, aber eine lustvolle. Lustvoll leben, sich wieder weiblich und begehrlich fühlen, auch wieder selbst begehrt werden, darum geht es in diesen Fällen. Letztendlich bricht die „Jetzt komme ich"-Heldin ebenso aus, wie der Porno-Power-Mann. Nur viel konsequenter. Frauen am Punkt Zero können gnadenlos sein. Aber eben auch gnadenlos gut. Eine, die ihre Sexualität in reiferem Alter (zurück)erobert, wird sie niemals wieder hergeben. Dann wird sie zelebriert. Ein Glücksfall für den Mann, der auf diese Reise mitgenommen wird. Nur oftmals ist es dann eben nicht mehr der eigene.

Ausgewählt werden nach intensiver Abwägung selten einfache Dildos und andere Eindringlinge. Auf der Wunschliste stehen vielmehr klitorale Zaubertoys, wie der legendäre **Womanizer**, der selbst Frauen, die keinerlei Orgasmus-Erfahrungen besitzen, gewaltig ans Ziel bringt. Duft- und Massageöle, feine Dessous, **Brustsauger, G- und A-Punkt Vibratoren**. Ja, diese Zonen sind keine Erfindung der Pornoindustrie. Es gibt sie, wenn man sich die Mühe macht, sie zu finden und die richtige Form der Stimulation dazu kennt. Viele Frauen sind gut über vierzig, bevor sie ihre unterschiedlichsten Orgasmus-Fähigkeiten, bis hin zum Squirten, also zum Abspritzen-können, entdecken. Das ist neben der Stimulationstechnik einfach eine Sache der absoluten Entspannung und des Nichts-mehr-zurückhalten-wollens. Eine kleine Königskür, aber keine Hexerei.

Vielleicht mit ein Grund, uns Fachkräfte im Erotikhandel nicht nur als Dildo-Eintüter zu sehen. Wir bringen eine Menge mehr ein, als Erfahrungsschatz nicht selten unsere eigene Sexualität, ohne sie einem anderen überzustülpen.

Und manchmal verlangt eine Kunden-Geschichte uns auch alles Feingefühl und eine zarte Hand ab, um angemessen hilfreich, ohne persönlich allzu betroffen zu sein:

„Mein Mann hat mir so lange nichts davon erzählt ..."

Bei diesem Satz wird der Weg zumindest uneben oder sogar steinig. Was die Heldin nicht verringert, aber in diesem Fall liegen Glück und Unglück so nahe beieinander, dass man als Ansprechpartner achtsam werden muss.

Manche Frauen finden geheime Schätze ihres Mannes. Das kann eine versteckte Toy-Kiste sein, Porno-DVDs, Fotos, hin und wieder genügen auch einfach ein nicht gelöschter Browser-Verlauf oder verräterische E-Mails auf dem Laptop. Nach vielen Jahren passiert so etwas, irgendwann kommt die Wahrheit heraus, das ist Murphys Gesetz. Ehe-Lügen haben keine kurzen Beine, sondern eine Art Mindesthaltbarkeitsdatum, das irgendwann selbstgesteuert abläuft. Dann wird man unvorsichtig oder knallt aus lauter Frust doch das ganze Elend des „sich unverstanden fühlen" auf den Tisch. Selbst die besten Lügner - sie sind hervorragend darauf trainiert, so nahe an der Wahrheit zu verheimlichen, dass skurrilerweise durch das Heile-Welt-Wunschdenken des Partners gar keine ausgesprochene Lüge notwendig wird - scheitern irgendwann an sich selbst. Das Schweigen ist ihr Verbündeter, im Sprechen liegt ihr böses Schicksal. Das weiß jeder Mann, deshalb sind sie ja oft so schweigsam, vielleicht sollten das einfach auch mehr Frauen wissen.

Wenn sie es allerdings wissen, zeigt sich die Wahrheit leider oftmals als wirklich skandalträchtige Karma-Bitch. Denn wenn nach Jahren oder Jahrzehnten eine unausgesprochene Fetischleidenschaft, eine SM-Sexualität, ein Dauer-Abo im Pornokino oder sogar eine lebensechte Geliebte auf dem Tisch liegen, bewegen sich die Dinge plötzlich doch rasant. Menschen wie ich halten das übrigens für das Beste, das passieren kann, damit sich Partner endlich auseinandersetzen müssen. Die Realität ist ja nicht weniger real, nur weil ich meine rosarote Lieblingsbrille trage und deshalb die

Hälfte dessen, was die Sehnsucht meines Partners ausmacht, nicht sehen kann. Wenn einer von zweien sexuell etwas so sehr vermisst, dass er sich ein Ventil dafür außerhalb der Beziehung sucht, dann betrifft dieses Fehlen beide. Und es verpufft weder durch bittere Vorwürfe, noch emotionale Bestrafung im Nirwana. Das ist so. Ob es ins eigene Weltbild passt, oder auch nicht. Die wütende Aufforderung „Verkneife sie dir einfach in Zukunft!" wird von echten Sehnsüchten dummerweise nicht akzeptiert.

In den meisten Fällen ist es der Mann, dessen dunkles Geheimnis gelüftet wurde. Und wenn es dann wie die 13. böse Fee in der Besucherritze des Ehebettes liegt, sind es die Frauen, die sich damit auseinandersetzen müssen. Gar nicht so selten entwickeln sich diese nach dem ersten Schreck zu Heldinnen und informieren sich - na wo wohl? - bei uns weiblichen Angestellten im Sexshop.

Das ist kein Spaziergang für uns, denn zum einen haben wir dann mit extrem verunsicherten Menschen zu tun, deren privates Weltbild einen fetten Sprung aufzuweisen hat. Zum anderen halten wir zwar viel von Frauensolidarität, aber es macht ja eben keinen Sinn, so zu tun, als wäre der fremde Kerl einfach ein Vollidiot, der mal eben leichtfertig bereit ist, seine Familie irgendeiner sexuellen Verwirrung zu opfern. So ticken Männer selten.

Wenn es gut läuft, kommen diese Frauen mit einer gewissen Neutralität zum geheimnisvollen Thema und möchten gerne wissen, was es bedeutet. Was es für ihn wohl ausmacht, wie seine Empfindungen dabei sind, auch, ob es in anderen Augen denn noch als *normal* empfunden wird. Das ist keine schlechte Basis, denn sie drehen sich damit weniger um den eigenen Schmerz, sondern interessieren sich für die Bedürfnisse des Partners. Sie wollen verstehen, was *es* ist, um anschließend zu sehen, ob sie es vielleicht nicht nur mittragen, sondern auch miterleben könnten. Das ist ein Prozess, keine Frau wirft sich von heute auf morgen ins Hardcore-Domina-Outfit und serviert den Sonntagsbraten mit Peitschenknallen, aber es kann ein sehr spannender Weg sein, klischeefrei eine neue gemeinsame Sexualität zu kreieren.

Ich habe vor diesen Heldinnen eine Menge Respekt. Und nicht selten kann man ein kleines Blitzen in ihren Augen sehen, wenn sie sich ein neues Outfit aussuchen und sich vielleicht sogar im edlen Latexkleid oder den hohen Stiefeln ebenso sexy finden, wie der Gatte es sicherlich tun wird. „Warum hat er mir nicht einfach schon viel früher davon erzählt?" - es gibt diesen Satz und ihn hier zu lesen, sollte und möchte eine Menge Mut machen. Ich wünsche ihn ganz, ganz vielen Paaren, die die Courage finden, sich ihre Wünsche gegenseitig einzugestehen.

Bedeutend schwieriger wird es, wenn nicht nur das dunkle Geheimnis gelüftet, sondern vom großen Sehnsuchtsträger gleich eine lange Wunschliste zur gefälligen Abarbeitung an die Gattin übergeben wurde. Es ist keine schöne Aufgabe für uns, Frauen zu beraten, die mit vor Schreck geweiteten Augen von Produkt zu Produkt wandern und sich in fast pedantisch anmutendem Masochismus das - in ihrem Empfinden - reine Grauen erläutern lassen.

„Wie, dieses Monstrum schiebt er sich in die Harnröhre? Das ist doch nicht Ihr Ernst, oder? Stromschläge, mehrstufig? **Eicheldilatatoren, steriles Gleitgel**? Warum um alles in der Welt steril? Blutet er dabei? Wie kann ihn das nur geil machen? Das ist doch einfach nur krank. Ich kann das nicht, ich will das auch nicht, er soll das einfach lassen!"

Eine To-do-Liste an Praktiken geht eigentlich immer schief. Ich wünschte, das würden mehr Männer vorher wissen und beachten. Es ist ein Unterschied, ob man sich die Zeit nimmt, gemeinsam zu erkunden, was beiden Spaß bringen könnte, oder ob ich mit meinem Outing den Partner zum Erfüllungsgehilfen machen möchte. Und aus diesem Grund trage ich den Horror-Maso-Trip einer versuchten Heldin auch niemals lange mit, sondern schwenke komplett auf die Psychotante um, die alles versteht, aber nicht alles gutheißt. Niemand kann, soll oder muss für einen anderen Lustvolles lustlos tun oder sich damit herumquälen. Keiner kommt aus seiner Haut, weder der Sehnsüchtige, noch der/die damit Überforderte. Das wird im Ergebnis traurig für ein Paar, das sexuell einfach nicht (mehr) kompatibel ist. Manche weisen sich noch geraume Zeit gegenseitig Schuld zu oder schweigen sich darüber tot, keine Ahnung was schlimmer ist. Die einen finden den Kompromiss einer Absprache mit Freiheiten, was nicht der schlechteste Weg sein muss. Denn über kurz oder lang scheitern diese Beziehungen, wenn weder gemeinsamer, noch freier Weg möglich ist. Und auch wenn es schwer zu akzeptieren sein mag: keiner trägt Schuld daran. Niemand kann sich zu (s)einer Sexualität zwingen. Aber es kann sie auch keiner einfach lassen, wenn er sie in sich spürt. Das eine wie das andere zu verlangen, wäre unmenschlich.

„Ich muss meine Ehe retten!“

Die Dritte aus dem Bunde der Heldinnen könnte mir manchmal das Herz zerreißen und auch wenn wir in unterschiedlichen Welten leben, empfinde ich nichts an ihr als lächerlich.

Immer wieder erlebe ich Frauen, die einen großen Abstand zu Toys halten und den Anlauf eher über unsere sehr gut sortierte Buchabteilung nehmen. Über die Theorie zur Praxis scheint der Plan zu sein, was ja auch eine Möglichkeit darstellt, gerade wenn es sich um Frauen handelt, denen deutlich anzusehen ist, wie unwohl sie sich in der Konfrontation mit Sexualität fühlen. Ich erinnere mich an eine Dame, vielleicht Ende dreißig, mit dem Wunsch einen Buchtitel umzutauschen, den sie am Tag zuvor erworben hatte. Sie wirkte absolut glaubhaft damit, dass das Buch ungelesen sei, denn sie hätte sich versehentlich für das falsche Thema entschieden. Einen Analsex-Ratgeber hatte sie in der Hand, was inhaltlich ganz furchtbar für sie wäre, eigentlich hätte sie eine Anleitung für Oral gesucht, aber sich eben mit den Begriffen vertan. Allein diese Verwechslung sagte ja schon sehr viel über ihre nicht vorhandene Erfahrung aus, außerdem wirkte sie so unglücklich, dass ich ihr den Umtausch problemlos zusagte, außerdem könne sie doch jetzt einfach mal in alles ein wenig hineinschmökern, um das Passende zu finden. Nach zwanzig Minuten kam sie mit einer Auswahl an Büchern wieder auf mich zu, die sich allesamt deutlich um sexuelle Fantasien und Bedürfnisse von Männern drehten und wollte einen Tipp, welches das Beste davon sei. Und ich antwortete ihr ganz ehrlich, dass ich ihr gerne eines für Paare empfehlen würde, weil es doch ein recht schöner Weg sei, zu sprechen und zu entdecken, worauf man gemeinsam Lust bekommen könnte. Mir erschien das am passendsten für sie, doch dieser eine lächelnde Satz reichte bereits aus, um die Dame völlig in Tränen aufgelöst zu sehen. Dass sie dafür keine Zeit hätte, weil alles gerade kaputtginge und sie sich doch ganz schnell etwas einfallen lassen müsse, damit ihr Mann sie nicht verlasse. Sie könne nicht allein sein, sie brauche doch die Sicherheit ihrer Familie und dann müsse sie jetzt eben schnell lernen, was er möchte.

Das ist einer dieser Momente, in denen man entweder auf sachlich oder emotional schalten kann. Mir fehlt an dieser Stelle immer der Bezug zum schnellen Umsatz. Auch wenn wir hier kein Sexualtherapeuten-Schild an der Tür haben, sind wir für Menschen in Extremsituationen zum Thema einfach oft der erste Ansprechpartner. Es scheint vielen so unvorstellbar zu sein, über Beziehungen und Sex im Familien- oder Freundeskreis zu sprechen, dass es mich immer wieder fassungslos macht. Millionen von Paaren, die Kinder und einen Haushalt zusammen haben, die von Liebe und absolutem Vertrauen zueinander sprechen, die überzeugt davon sind, miteinander alt werden zu wollen, aber bis dorthin nicht den Hauch einer Ahnung von intimen Sehnsüchten desjenigen haben, neben dem sie jede Nacht einschlafen. Worüber unterhalten die sich denn, wenn der *Tatort* vorbei ist? Halte nur ich das für mit das traurigste Ergebnis, dass das hochgelobte Modell *Ehe* mit sich bringen kann? Dass man sich im Intimen ebenso fremd ist, wie mit irgendeinem Typen in der U-Bahn?

„Wissen Sie, den meisten Männern geht es gar nicht darum, irgendwelche Fantasien wie in einem Drehbuch erfüllt zu bekommen. Im Gegenteil. Ich glaube, die meisten Männer freuen sich einfach unheimlich über eine Frau, die selbst welche hat. Eigene Fantasien, eigene Lust auf Sex. Und ich bin mir sicher, Sie haben welche. Auch wenn Sie sich vielleicht momentan etwas schwer damit tun, sich daran zu erinnern. Sprechen Sie mit Ihrem Mann, versuchen Sie zusammen wieder eine gemeinsame Intimität zu finden. Wir haben Spiele für Paare da, mit denen das auch Spaß bringt. Nehmen Sie sich doch Zeit dafür, einen Schritt nach dem anderen zu gehen. Aber tun Sie sich das nicht an, eine schnelle

Gebrauchsanweisung umsetzen zu wollen, die mit Ihnen selbst nichts zu tun hat." Etwa in dieser Art entwickelte sich unser Gespräch, das natürlich nicht nur ein Monolog war. Letztendlich suchten wir gemeinsam etwas für die Kundin heraus, mit dem sie zumindest eine sinnvolle Anregung mit nach Hause nahm, die aber keinem privaten Porno-Dreh entsprach.

Wenn man so will, habe ich dem Buchgenre der männlichen Sex-Fantasien an diesem Tag geschadet. Sicherlich auch dem möglichen Spontanumsatz, der mit verkäuferischer Gier drin gewesen wäre. Mögen die Götter des Erotik-Olymps mich dafür strafen. Aber an all den vielen Spiegeln, die hier an den Wänden hängen, möchte ich gerne jeden Tag aufrecht vorbeigehen können.

Wer weiß, vielleicht findet diese Dame, die nur ein Beispiel von etlichen bedrückenden Erlebnissen dieser Art sein soll, eine Möglichkeit, gemeinsam mit ihrem Gatten etwas wiederzubeleben. Ich wünsche es ihr ebenso, wie *sich selbst* in diesem Versuch nicht völlig zu übergehen. Eine Heldin ist sie für mich auf jeden Fall, weil sie es zumindest versucht und dabei neue Wege wagt, die andere nicht einmal als Option sehen würden. Und das ist unglaublich viel wert.

3.3

Der „alles halb so wild"-Lockerfuchs

Das eher grobe Gegenstück zu den gerade genannten Heldinnen, sind manche der verheirateten Männer, die einen Sexshop mit großem Selbstverständnis besuchen. Und die das Prinzip Treue ein wenig freier auslegen, als es ursprünglich vielleicht einmal besprochen war. Da gibt es vermutlich einen gewissen Ermessensspielraum und der würde ja nicht so heißen, wenn darin nicht nach freiem Ermessen gespielt werden dürfte.

Diese Lockerfüchse haben durchaus ein einnehmendes Wesen. Der kleine Flirt von Zeit zu Zeit und eine trainiert charmante Attitüde gehören oft zu ihrem Grundnaturell. Das sind durchweg sympathische Kunden, mit denen immer ein lockeres Gespräch und ein paar harmlose eindeutig-zweideutige Formulierungen drin sind. Spielkinder eben, egal in welchem Jahrzehnt sie stehen, die Dinge werden für sie niemals so heiß gegessen wie gekocht. Familienfrieden existiert, wenn die zugehörige Gattin nicht alles weiß. Und dafür, dass sie nichts weiß, sorgt der „alles halb so wild"-Lockerfuchs mit männlicher Weitsicht.

Das Schöne an den Jungs ist, dass sie zum einen natürlich Interesse und entspannte Zeit mitbringen, zum anderen nehmen sie sich aber auch selbst nicht so schrecklich ernst. Ein Mann im Dauerflirt-Modus ist, sofern es nicht der eigene ist, ein äußerst spaßiger Zeitgenosse. Ob er allein kommt oder mit der aktuellen Joyclub-Affäre, die Stimmung ist stets unkompliziert und locker. Es wird von der letzten Party berichtet oder das Ticket für die nächste klargemacht. Der Besuch frivoler Clubs gehört oftmals zum beliebten Zeitvertreib, da kann man sich auch gerne mal bundesweit austauschen, wenn Geschäftsreisen weitere Strecken ermöglichen. Der Lockerfuchs ist erfahren, oftmals als Stammgast bei Herrenüberschuss-Intimitäten bekannt, hinterlässt keine Spuren und fühlt sich auf jedem Parkett ziemlich sicher.

Hin und wieder gibt es auch ein paar geheimnisvolle Exemplare darunter. Faszinierend ist beispielsweise ein Kunde, der wöchentlich aufs Neue das gleiche Elektro-Stromgerät erwirbt. Nicht weil das alte defekt wäre, sondern weil – tja, keiner weiß warum. Er betritt den Laden, geht direkt an die Kasse, muss schon lange nichts mehr sagen, sondern bekommt neben einer freundlichen Begrüßung direkt das Gewünschte für rund einhundert Euro. Wir entfernen inzwischen selbsttätig die Verpackung, geben ihm nur die Produkteinzelteile in die Hand, er steckt sie in seinen Aktenkoffer, bezahlt, grüßt und geht.

Nun könnte man natürlich die wildesten Überlegungen anstellen, weshalb und wozu genau er das immer selbe Produkt, technisch einwandfrei, verliert, verschenkt, verhökert, vernichtet, zurücklässt oder vielleicht sogar zweckentfremdet. Die tollsten Geschichten habe ich mir dazu schon ausgedacht, die ich an dieser Stelle besser für mich behalte. Einmal hatte ich es sogar sehr clever mit dem lächelnden Satz versucht: „Eines Tages werde ich Sie einfach einmal fragen, was Sie mit all diesen Geräten tun." Aber er lächelte nur zurück und ließ die Möglichkeit zur Antwort offen. Die Wahrheit ist und bleibt also sein gut gehütetes Geheimnis. 007 lebt. Vielleicht agiert er ja im Auftrag der Königin.

Ansonsten ist produkttechnisch beim „Alles halb so wild"-Typus fast alles drin, denn wer gerne spielt, spielt nicht nur auf fast allen Hochzeiten, sondern auch die gesamte Klaviatur. Da ist eine Frage wie „Was habt ihr denn schönes Neues hereinbekommen, das ich noch nicht kenne?" absolut nicht ungewöhnlich. Der Lockerfuchs kennt die Maße all seiner relevanten Körperteile, verfügt über etliche Outfits, ebenso wie über eine große Cockring-Ausstattung, kauft einführbare Toys mit der Frage nach dem exakten Durchmesser und ist mit sich selbst und der Welt komplett im Reinen. Wenn man so will, ist er ein rundum glücklicher, freier Mann – mit Familienanschluss.

Und aus diesem Grund lässt er sich an der Kasse eben auch gerne mal die Zwischensumme nennen, um zu sehen, ob das Bargeld ausreicht oder ob er noch schnell an den Bankautomaten gehen muss. Und er nimmt ein nettes, augenzwinkerndes Geplänkel niemals übel:

„Ach Klaus, es regnet draußen. Du weißt doch, wir akzeptieren alle Karten, du musst nicht extra nochmal los."

„Nee, lass mal, Bargeld ist mir sympathischer, sonst komme ich nicht nur in den Regen, sondern auch noch in die Traufe."

„Was gäbe ich um solch eine glückliche Ehe."

„Ja, nicht wahr? Ein paar Geheimnisse müssen sein, sonst funktioniert die nicht."

Lacht und pilgert leichten Herzens zum nächsten Bankautomaten, um seine kleinen und großen Geheimnisse zu bewahren. Ist ja eigentlich auch alles halb so wild.

3.4

Lust ist nicht alles. Aber ohne Lust ist alles nichts.

Ich weiß, der Kapitelblock über *Männer und Frauen auf Abwegen* ist nicht unbedingt die leichteste Kost. Leider, ich hätte gerne etwas anderes geschrieben. Aber es wäre nicht die Wahrheit, denn unterschiedlichsten Abwegen ist eben eines gemeinsam: sie werden oft nicht gemeinsam begangen. Also werden sie meist verschwiegen und sobald es sexuelle Wünsche sind, die nicht geäußert (oder nicht gehört) werden, ist Untreue ein ganz logischer Schritt.

Dass Sex mit die schönste Sache der Welt, aber eben nur eine Nebensache sei, möchten viele gerne glauben, aber so schmerzlich es auch sein mag: Es stimmt leider nicht. Sex ist Lust. Lust macht nicht einfach nur geil, das wäre viel zu platt. Lust macht fröhlich, freundlich, sie regt an und entspannt. Und zwar rundum alles. Unseren Körper, die Sinne, den Geist, das Komplettpaket Mensch und den Partner gleich noch mit dazu, ob es nun der eigene oder eine Affäre ist. Lust macht zärtlich und aufmerksam, schüttet uns eine Menge Endorphine in die Blutbahn, macht einfach glücklich.

Das mag ziemlich abgedroschen klingen und irgendwie weiß es ja auch jeder. Nur bleiben eben dennoch viele Paare über die Jahre nicht besonders lustvoll. Wir können uns jahrelang gemütlich mit unserem Partner auf die Couch kuscheln und vertrauensvoll totstreicheln, manchmal wären ein liebevoller Klaps auf den Po und ein gieriger Blick eben dennoch für das komplette Familienleben zuträglicher. Ja, auch wenn man Kinder hat. Gerade dann. Manche/r hört das nicht so gerne, das ging mir auch schon mal so, ich spreche da sicher nicht wie die Blinde von den Farben, auch ich habe in meinem Leben schon mal komplett die Lust verloren und dachte, das trägt sich schon trotzdem irgendwie.

Tut es aber nicht. Tut es nie. Wenn wir die Begeisterung aneinander verlieren, rufen wir böse Geister und fragen uns irgendwann, warum wir diesen Albtraum an Verlust nicht haben kommen sehen. Ganz egal ob Mann oder Frau, wenn wir kein Begehren mehr für uns spüren, beginnen die heimlichen Abwege, obwohl der andere an so vielen anderen Stellen genau der oder die Richtige für uns ist.

Aber Ehen und Partnerschaften sitzt man eben nicht miteinander ab. Wir sollten lustvoll und begehrlich füreinander bleiben, es gibt keine bessere Wahl fürs eigene und fürs gemeinsame Glück. Halten Sie mich bitte nicht für eine böse Unke, nur weil ich die Ergebnisse liebender und leider auch ent-liebter Paare hier täglich auf dem Präsentierteller erleben darf. Ich schreibe es einfach auf, so wie es ist, und wünsche mir sehr, dass es den oder die andere beim nächsten Sofa-Streicheln vielleicht auf eine bessere Idee bringt.

Und ich möchte gerne – stellvertretend für etliche andere berührend-positive – eine Geschichte aus dem Sexshop sprechen lassen, die zeigt, dass es selten zu spät und nie zu früh ist, die beliebte, faul-gefräßige Komfortzone zu verlassen und (wieder) lustvoll zu werden:

Ich hatte einen wundervollen Kunden bei uns im Laden. Ein wirklicher Herr, sicher gut über sechzig. Sehr gepflegt, ein großer stattlicher Mann mit einem Lächeln wie ein Schuljunge, der von Nachbars Baum heimlich alle Kirschen gefuttert hat. Das würde zumindest ungefähr seinem Jahrgang entsprechen, in der heutigen Zeit wäre ihm vermutlich ein hochgeklicktes *Youtube*-Tutorial gelungen.

Wie auch immer, er leuchtete von innen, strahlte sehr viel Eloquenz und Zufriedenheit aus und kam mit konkreten Wünschen. Seine Frau hätte sich zusammen mit Freundinnen *Fifty Shades of Grey* im Kino angesehen. Vorher hatte sie ihm nichts davon erzählt, weil sie diesen Kinobesuch auch etwas „halbseiden" fand. So ein Erotikfilm, in den Medien auch mal abwertend erwähnt, sei vielleicht von allem etwas zu viel und zu plakativ. Nachvollziehbare Bedenken für eine Mittsechzigerin.

In den Wochen nach dem Kinobesuch hatte sie ihren Mann allerdings ins Vertrauen gezogen und einige Geständnisse offenbart. Dass sie der Film angemacht hätte und dass darin so einige Sequenzen vorkamen, die sie bisher nur aus ihren heimlichen Fantasien kenne. Nun fragte sie sehr vorsichtig, ob sie sich nicht einmal gemeinsam davon inspirieren lassen wollten. Wohlgemerkt: ein über viele Jahrzehnte verheiratetes Paar, sehr seriös, mitten in den Sechzigern. Und nun war er eben hier bei uns im Sexshop, um sich von uns über Spielzeuge beraten zu lassen. Er möge seiner Frau nicht ernsthaft wehtun, aber sie würden zusammen so gerne vieles ausprobieren. Dinge, die sie beide genießen könnten.

Aber klar, dafür sind wir da! Ich stellte ihm ein passendes, kleines Sortiment zusammen, darunter auch einen herrlich weichen, schwarzen Nappa-Flogger. Und es war sehr sympathisch, wie dieser Herr sich alles erklären ließ, anschließend seine Frau über das Handy anrief, ein sehr warmes Gespräch mit ihr führte, von seinen Errungenschaften erzählte und dann mit den von ihr abgesegneten Dingen fröhlich nach Hause ging. Das Witzige war, dass er drei Tage später wieder im Laden stand und mir lachend erzählte, es sei alles super gewesen, nur diesen Flogger würde seine Frau nie wieder sehen wollen. Auf meine irritierte Nachfrage erfuhr ich, dass dieses Paar ein weiß eingerichtetes Wohnzimmer besitzt. Komplett weiß, bis hin zu den Teppichen. Und das Problem lag ausschließlich darin, dass der Nappa-Flogger bei seinem Einsatz winzige schwarze Weichleder-Krümelchen auf dem gepflegten Hochflor hinterließ. Es wäre eher unerotisch, nach einem gemeinsamen Spiel mit dem Staubsauger hantieren zu müssen.

Ich habe herzlich gelacht, denn weiße Teppiche scheinen nicht zu meinem Erfahrungsschatz zu gehören, aber der Kunde nahm mir das nicht übel, sondern fand die Sache selbst sehr unterhaltsam. Auch das Problem bekamen wir zu seiner Überraschung sehr schnell aus der Welt geschafft, indem der Flogger einfach gegen eine Variante in weißem Leder umgetauscht wurde. Yeah! Wir haben für alles eine Lösung, auch für exklusive Bodenbeläge.

Warum ich genau diese Geschichte unter dem *Lust ist nicht alles, aber ohne Lust ist alles nichts*-Kapitel erzähle? Weil sie alles daraus lebendig macht, weil es nie zu spät und selten zu früh ist, sich neu in seine Partnerschaft einzubringen. Und weil ich den strahlenden Blick und das Lächeln dieses Herrn nie vergessen werde, der auf meine Bitte, doch auch seine Frau herzlich zu grüßen, sanft und sehr innig antwortete: „Das mache ich gerne. Meine Frau, ja. Und ich bin der glücklichste Mann der Welt."

Ein wirklich bemerkenswertes Paar, finden Sie nicht?

4

Gruppensex für Anfänger: der Besucherschwarm

4.1

Spaß ohne Grenzen! Jugend- & Junggesellen-Aufstände

Wer noch gestern die Vorstellung, die eigenen Eltern könnten tatsächlich Sex haben, unsagbar peinlich fand, gehört heute nicht wirklich zur entspannten Besuchergruppe eines Erotikgeschäfts. Das wird niemanden wirklich verwundern, dennoch kann einen das Selbstverständnis vieler kichernder oder grölender Twen-Gruppen, irgendwo zwischen Verständnis, Amüsement und Kopfschütteln werfen.

Es gibt die einen, die ihren Besuch zu einem „lebe wild und verwegen"-Trip nutzen. Für die muss es möglichst schwarz, sexy, grenzwertig und provokant werden. Das allseits beliebte Selfie zur Dokumentation ist dort ganz weit vorne. Wir kennen unsere weiblichen Pappenheimer, die zu zweit oder zu dritt in den Kabinen verschwinden, ausgestattet mit Nurse-Lack-Outfits, knappen Cop-Uniförmchen und dem geschmackvollen *Orion*-Schülerinnen-Dress-Ü18. Wir wissen, dass diese Stücke dort meist nur für eine angeheiterte Aktion unter besten Freundinnen anprobiert und einem einzigen Sinn zugeführt werden: eine herausfordernde Fotomessage per WhatsApp an den aktuellen Schwarm zu schicken oder direkt ein Foto auf Facebook zu stellen.

Ja, wir wissen das und manchmal ist es sogar für uns recht lustig. Ich finde es witzig, wenn in einer der hinteren Verkaufsflächen der Fetischabteilung, die von vorne nicht einsehbar erscheint, es für uns dank einiger Kameras aber ist, jugendliche Gruppen klammheimlich ein Überraschungsfoto planen. Ich finde es immer noch amüsant, wenn ich dann mal leise nach dort hinten schleiche und wie vermutet einen, dem lustigen Gruppenzwang erlegenen, 20-jährigen direkt vor meinen Füßen vorfinde. Auf Knien. Von seinen hilfreichen *best buddies* eilig in Halsband und Leine gesteckt, die allseits beliebte Hundemaske über den Kopf gezogen und mir leicht verlegen von unten entgegen grinsend. Sein Kumpel agiert währenddessen noch prustend mit der Handykamera. Ich gebe zu, das finde ich meistens immer noch recht witzig und das sorgt ja auch für gemeinsamen Spaß.

Ein wenig erschöpft haben sich die Jokes der Gruppen, die sich überdimensionierte Dildos in den Schritt halten und breitbeinig damit durch die Abteilung marschieren. Oder sie - etwas einfallsreicher - an die Stirn pressen, um mit „Hey! Ich bin ein Einhorn!"-Sätzen uns nicht unbedingt Neues zu erzählen. Vergleichbar unlustig empfinde ich allerdings penetrant gerufene Nachfragen an meine Kollegen und mich, wenn der Übermut unbedingt noch einen draufsetzen muss.

„Boah, sag mal, so unter uns", im Hintergrund Gruppengrölen, „schiebst du dir die Dinger eigentlich auch selbst rein?" Nun bekommt der Spaß so langsam ein Loch, wobei ich heute noch meiner jungen Kollegin Pia - ein zart wirkendes, aber äußerst schlagfertiges Wesen in bezaubernder Gothic-Optik - den Orden als Mitarbeiterin des Monats für ihre Reaktionsschnelligkeit verleihen würde: „Natürlich, was denkst du denn? Ich trage gerade einen, kann ich dir nur empfehlen", konterte sie einem Wortführer einmal so gelassen, fast schon gelangweilt, dass der übermütige Hohn seiner Gruppe postwendend auf ihn selbst zurückschwenkte.

Manchmal braucht man hier schon Nerven. Oder wie ein beherzter Kunde mal mit einem lauten Ruf in die Runde donnerte: „Da wird doch der Masochist in der Pfanne verrückt! Sagt mal, könnt ihr überfordertes Jungvolk vielleicht einfach mal die Klappe halten, wenn ihr schon keine Fantasie für Größeres habt!" In Anbetracht der überdimensionierten Dildos entwickelte dies nach einigen Sekunden Stille wiederum seinen eigenen Witz.

Manche Spaßvögel fesseln sich gemeinsam, je eine Hand in eine der vielen Ledermanschetten-Paare, die an den Wandgestellen befestigt sind, und winken mit der freien Hand überschwänglich in die Kamera. Andere schwenken aufgeregt Rohrstöcke, hauen ihren Begleitern damit einfach mal zischend auf den Oberschenkel und wundern sich über das naheliegende „Sag mal spinnst du!? Das tut voll weh"-Resümee. Ja, ein Rohrstock mal eben so über den Körper gezogen ist schmerzhaft. Wer hätte das gedacht?

Letztendlich sind mir persönlich diese Spaßgruppen aber immer noch lieber,als die peinlich berührten Erschrockenen, die alles was sie sehen, in enormer Lautstärke fast boshaft negativ kommentieren. Und sich damit kaum von den undifferenzierten Spießern unterscheiden.

Während der Ausruf „Ey! *Fifty Shades of Grey*!" noch unter witzig fallen kann, wird es bei „Oh Alter, ich brauche jetzt erstmal 'ne Therapie!" eher grenzwertig. Und bei Statements wie „Boah! Was für ein perverser Dreck! Was für kranke Hirne können denn damit was anfangen? Ja Kinderficker, wer denn sonst?!" – nehmen wir Angestellten uns die Freiheit, jemanden des Hauses zu verweisen. Schlicht und ergreifend. Weder wir noch unsere ernsthaften Besucher müssen sich eine solch irrsinnig dumme (und falsche!) Assoziationskette gefallen lassen. Ein Zug, der von Kunden übrigens hoch goutiert wird. „Danke, dass Sie da eben eingeschritten sind, das kann man sich ja nicht anhören", lautet dann erfreulicherweise durchweg die Reaktion.

Meist bleiben wir allerdings recht gelassen oder kämpfen nur gegen den Wunsch, den eigenen Kopf kurz gegen das stabile Brett zu schlagen, das offensichtlich angeboten wird:

„Himmel! Hast du das metallene Ding in der Vitrine gesehen!?"

„Welches?"

„Na, das hier!"

„Das ist gruselig. Wofür nimmt man das?"

„Na, das ist Sadomaso! Ein Gerät zum Zähne ziehen!"

Puh! Keine Realität ist so fies, wie die Fantasie derer, die Angst davor haben „Zähne ziehen" - man reiche mir bitte kurz die Tischplatte. Bevor ich den harmlosen Dentalspreizer, von einigen Menschen genutzt, um in den Mund etwas hineinzugeben, nicht schmerzhaft herauszuholen, um Verzeihung bitte.

Eine ähnliche Besuchergruppe junger Männer, diesmal aus Bayern und bei allem Kopfschütteln doch recht bodenständig aufgestellt:

„Und? Host wos für di' g'fundn, Franz?"

„Jo. Da drüb'n."

„Was'n?"

„So ane Ledermask'n. Mit am Trichta drauf. Da würd's Bier prima durchlauf'n."

Jedem seinen persönlichen Fetisch. Die bayerischen Jungs brachten mich wirklich zum Lachen. Mädchengruppen besser gestellter Töchter dagegen, die kreischend eine Schuhabteilung entern und sich lautstark durch alle Highheels probieren: grenzwertig. Besonders, wenn sie darin anschließend im Seemannsgang durch die Abteilung wanken, weil der letzte Mojo im *Baalsaal* nebenan definitiv einer zu viel war.

„Kinder, schön wenn ihr Spaß habt, aber jetzt bekommt euch doch bitte ein wenig ein, ja?" ist in diesem Fall eine ganz uncoole Bitte, auf die nur selten mit Einsicht reagiert wird. Üblicherweise sprudelt einem dann eher ein empörtes „Hallo?! Wir sind bereits ZWANZIG!" entgegen. Zwanzig! Mit unglaublich vielen Ausrufungszeichen. Wow, ja das ist schon was. Zwanzig. Mit Abi und *Louis-Vitton*-Täschchen, das auf der Suche nach dem passenden *Louis-Vitton*-Portemonnaie dann an der Kasse einmal auf links gedreht wird, weil man sich gerade überraschend in ein Paar Super-Heels für 300 Euro verliebte, die die kleine Tochter-*Amex* doch unbedingt mal spontan hergeben sollte.

Tja, ich gestehe leise, auch wenn ein klein wenig Schadenfreude mitschwingt: es gab und gibt Momente, die im wahrsten Sinne des Wortes unbezahlbar sind. Nie würde ich es mir anmerken lassen, denn der Profi schlägt in diesen Fällen ein unkompliziertes Zurücklegen der Ware vor, auch wenn sie in den nächsten Tagen nie und nimmer abgeholt wird. Denn wenn Papa den Geldhahn zudreht, dann macht er ihn ausgerechnet für ein Paar Heels nicht wieder auf …

„Boah! Ich glaube es nicht! Das hat er nicht getan! *Das* nicht! Das kann doch nicht wahr sein! So ein blöder A… ! Mit dem rede ich kein Wort mehr!"

Das hat als erzürnte Tochterdrohung, schwankend mit 1,5 Promille, vor einer Sexshop-Angestellten, die gut und gerne die eigene Mutter sein könnte, einen gewissen Charme.

Glücklicherweise machen ungefähr fünf weitere Jahre, ob nun mit oder ohne elterliche Kreditkarte, wirklich viel aus. Die jungen Erwachsenen ab 25, dann wieder erfreulich nüchtern und reflektiert, überraschen meistens positiv. Da wird nicht mehr gekichert, geschämt und übertrieben, sondern da hat sich sehr viel Toleranz und Selbstbewusstsein ausgebildet, was sich dann eben auch im Umgang mit der Sexualität zeigt. Diese Studenten sind nicht unbedingt wirtschaftlich, dafür aber menschlich, eine besonders angenehme Kundenklientel. Erfreulich, mit welch Selbstverständnis diese völlig unaufgeregt einen Erotik-Shop besuchen. In meinen Augen macht es sehr viel Mut, dass aus ihnen reife Erwachsene werden, die die beste Basis besitzen um Partnerschaften zu führen, die auch gemeinsame Intimität offen und vertrauensvoll leben werden.

Die große Ausnahme bilden Junggesellen- und Junggesellinnen-Abschiede, da wir von diesen hier auf dem Kiez einfach überrannt werden. Kein Wochenende ohne Massenveranstaltung kurz vor dem Traualtar. Man könnte meinen, es sei unheimlich *en vogue,* wieder mit Anfang zwanzig zu heiraten. Am lustigsten sind engagierte Trauzeugen, beseelt von dem Gedanken, sich etwas ganz Besonderes ausgedacht zu haben. Die rufen uns dann auch gerne mal im Vorfeld an.

„Hallo, ich organisiere mit ein paar Freundinnen/Kumpels einen Junggesellen-Abschied. Und da dachten wir uns, wir würden sehr gerne auch etwas Spezielles in der *Boutique Bizarre* machen."

„Ja, dann kommt doch einfach vorbei und schaut euch um, das bekommen wir schon gewuppt."

„Wir denken, das wäre doch eine schöne, ausgefallene Idee. Ich würde uns gerne für Samstag in drei Wochen anmelden. Wir sind zehn Personen."

„Eine Anmeldung ist wirklich nicht nötig. Wir haben bis zwei Uhr nachts geöffnet, schaut einfach gerne rein."

„Naja, es soll schon etwas Besonderes für den Bräutigam werden. Vielleicht könntet ihr uns ja begrüßen, einiges zeigen und so ein kleines Spiel oder so mitmachen? Wir würden ja wahrscheinlich auch etwas bei euch kaufen."

„Was haltet ihr von ein paar Schnittchen, einer exklusiven Führung durch ein sexy Bunny und einem Prosecco-Empfang in unserer Galerie?"

„Das klingt toll!"

„Ja, aber es war leider ein kleiner Joke."

„Warum, ihr hättet da doch auch etwas davon!?"

„Naja, wir verstehen ja, dass ihr eine besondere Aktion machen wollt. Coole Idee. Aber die haben leider auch jedes Wochenende ca. 10-20 andere Junggesellen-Abschiede, die wir hier so durchschleusen. Ihr seid herzlich willkommen, schaut rein, dreht eine Runde, sucht euch gerne etwas aus und dann heißt es eben weiterziehen. Kommt gerne am frühen Abend, solange die meisten noch nüchtern sind."

„Schade. Na gut, dann kommen wir eben so vorbei. Klar werden wir etwas trinken, aber wir sind einfach nur gut drauf und vertragen ja was. Man muss die Feste doch feiern, wie sie fallen, oder?"

Mhm – soweit zur glorreichen Idee.

In der endgültigen Ausführung dieses Masterplans muss ein Bräutigam samt *best buddies* verdammt viel trinken, um, bis zur Unkenntlichkeit als wandelndes Kondom verkleidet, all die furchtbaren Aufgaben zu lösen, die sich sein engagierter Treuzeuge ausgedacht hat. Alternativ stolpert er als Schneeflittchen mit seinen sieben besten Zwergen durch die Gegend, wird in ein Minikleid mit Servierschürze gesteckt, aus dem unten die behaarten Beine in Turnschuhen herausschauen, oder trägt einen Haifisch auf dem Kopf und zieht einen Bollerwagen hinter sich her, um an jeder Ecke einen *Kleinen Feigling* zu trinken und schließlich uns zu den abgefahrensten Produkten eines Sexshops zu interviewen. Dann grölt die Gruppe eine halbe Stunde durch die Gänge, die Jungs tauschen sich lautstark darüber aus, welche Peitsche er am besten gleich zum frischgebackenen Ehepferdchen mitnehmen sollte, damit die Hand beim Tortenanschnitt auch garantiert oben liegt, und zum Schluss kaufen sie ihm einen rosafarbenen Knebel, weil sein lustiges Outfit damit noch ein bisschen besser aussieht.

Bei den Junggesellinnen passiert ziemlich dasselbe, nur eine halbe Oktave schriller. Und das ist eine Tonlage, die sich nur ganz schwer ignorieren lässt, glauben Sie mir. Für einen nüchternen Menschen bei der Arbeit, ist das speziell.

Junggesellinnen-Runden sehen entweder schrill und sexy aus oder zuckersüß wie aus dem Kinderzimmer entsprungen. Es gibt tatsächlich nur wenig zwischen tief-dekolletiertem Krankenschwestern-Outfit und quietschig-rosarotem Einhorn-Traum. Die einen kippen Prosecco, die anderen kleine *Ficken*-Schnäpse vom Kiosk nebenan, aber das Ergebnis bleibt dasselbe: Feiern auf dem Kiez braucht viele Promille und am frühen Morgen macht man Bekanntschaft mit Olivia Jones' *Wilden Jungs,* die oben auf der Großen Freiheit für die Braut strippen.

Da muten die wenigen, harmlosen Trupps, die neben lustigen Hüten oder bedruckten Schärpen nur Alltagskleidung und ein nüchternes Gesicht tragen, schon fast ein wenig bieder an. Aber süß sind sie, wenn in der großen Runde ausdauernd nach einem kleinen Sex-Toy für die Braut, nach einem Massageöl mit Vanille-Duft oder der legendären Sex-Klingel gesucht wird, die anscheinend in jedem dritten Haushalt superwitzig als Hochzeitsspaß verschenkt wird. Ob da wohl jemals jemand klingelt?

Einen ganzen Trupp Kindergärtnerinnen, der die anstehende Hochzeit einer Kollegin feierte, bat ich einmal schmunzelnd, sich für das heiß ersehnte Gruppenfoto einfach einen etwas geschützten Bereich im Haus zu suchen, damit andere Kunden nicht versehentlich mit aufs Erinnerungsbild kommen. Na klar, kein Thema! Fünf Minuten später fand ich sie im Latex-Bereich wieder. Unter lautem „Hallo und Hast-du-nicht-gesehen". Brüllend schönes Gruppenbild mit Dame. Alle quietschend, rund um den Gynäkologen-Stuhl, die Braut mit verlaufenem Make-up, wallendem Schleier und weit gespreizten Beinen im Minirock oben drauf.

Es gibt tatsächlich auch andere. Sie sind rar gestreut, aber hin und wieder begegnen sie uns: die verträumten, jungen Frauen, die beim Junggesellinnen-Abend das berühmte blaue Strumpfband und ihre Brautschuhe erstehen. Weiße Heels mit Glitzer & Glimmer.

Glücklicherweise nur noch symbolisch mit einer Handvoll Cents, der Rest mit EC-Karte bezahlt. Wir könnten uns durch einen Dagobert Duck-Geldspeicher aus Glückscents schaufeln, wenn es anders wäre. Denn Hochzeiten stehen weiterhin hoch im Kurs und werden zelebriert - auch im Sexshop. In memoriam an die große Beate Uhse, Vorreiterin der gepflegten *Ehehygiene,* auch wenn sie sich die Umsetzung ihrer Idee an mancher Stelle vielleicht etwas anders vorstellte. Wir wollen da als ihre Enkel in der Sache nicht undankbar sein.

4.2

Mit Namensschild oder Tour-Guide: Kollegen- & Reisegruppen

Eine dynamische 3er-Männergruppe hat sich etwas Gewaltiges vorgenommen und stellt gemeinsam einen verwegenen Einkauf für Klaus zusammen. Die Begeisterung ist groß, seine Gattin hätte wohl geheime Fantasien geäußert, die nun pronto und mit aller schelmenhaften Freude umzusetzen seien. Handschellen müssten her. Und Ketten. Unbedingt Ketten zum strammen Fixieren, man müsse eben noch dübeln, sowie eine Gerte, haha, eine feste Gerte für den heimischen Reitsport. Das Paradies tut sich auf und katapultiert Klaus in den 7. Himmel.

Aus dem ich böses Ding ihn langweilig-sachorientiert nach einiger Zeit auf den Boden zurückhole. Ob er denn wolle, dass seine Frau an der Sache auch Spaß habe und sich eine Wiederholung wünsche, frage ich beiläufig nett und schaue in drei verdutzte Gesichter, die ihren bisherigen Plan wanken sehen. Kurze Zeit später liegen gepolsterte Ledermanschetten, ein paar weiche Baumwollseile und eine softe Peitsche im Einkaufskörbchen und Klaus kommt sogar überschwänglich selbst auf die Idee auch noch ein duftendes Massageöl dazu zu packen. Ich bin stolz auf Klaus, beglückwünsche ihn zu seiner weisen Wahl und klatsche mit seiner Frau unbekannter Weise mental ein High-Five ab …

Viele Männer besuchen Sexshops. Auch im Kollegenkreis ist das völlige Normalität. Manche könnten wir mit Vor- und

Nachnamen ansprechen, da sie noch die Messe- oder Konferenz-Badges um den Hals baumeln haben. Das fällt unter ganz ungezwungenes Sexshop-Sightseeing unter Alphatieren. Männer gehen mit ihrem Chef auch in einen Porno-Gang und reißen dort ein paar Witze, über die alle gemeinsam herzlich lachen. Männer sind unkompliziert und ihre Lust ist gleichwertig mit Essen, Trinken oder Atmen. Ich finde, viel besser und einfacher lässt sich männlicher Umgang mit Sexualität nicht auf den Punkt bringen.

Und das ist überhaupt nicht bewertend, schon gar nicht abwertend gemeint. Eher recht sachlich, informativ. Wenn man als Frau im Bereich Erotik arbeitet, dann kostet das ein paar naive Ansichten. Natürlich gibt es unterschiedliche Männertypen und natürlich sind auch hin und wieder ein paar zarter besaitete darunter, die verhaltener auftreten oder sich erst einmal überwinden müssen. Aber das hat eher mit einem gewissen Schamgefühl zu tun, nicht mit einer Distanz zum Thema. Und wenn sie dann in der Gruppe kommen, ist ihr Auftreten entweder souverän oder eben ungezwungen. In einem Sexshop funktioniert das recht unkompliziert. Auch für uns Angestellte.

Selbst dann, wenn die Herren manchmal zu übermütigen Jungs werden und wir sie am Wochenende abends um etwas mehr Gelassenheit bitten müssen. Amüsant ist es dennoch, wenn sich eine Gruppe aus vier gestandenen Männern Ü50 kaum mehr einbekommt. Im Obergeschoss passieren solche Situationen selten, aber SM & Fetisch bleibt für viele Leute ein ungreifbares Faszinosum. Oder etwas, das, innerhalb einer Gruppe, vorsichtshalber verlacht werden muss. Denn die Wahrheit sieht oft ganz anders aus. Nicht selten erleben wir die größten Spaßmacher einer Gruppe, am nächsten Tag allein erscheinend, plötzlich als aktive und sehr kauffreudige Kunden, die tags zuvor allzu ernsthaftes Interesse als unfreiwilliges Outing empfunden hätten.

Ich persönlich lache immer noch gerne mit, wenn gestandene Ü50-Männer in einer Gruppe feixend ihre Runde drehen. Manchmal bekommen sie es selbst gar nicht mit, dass ihre lachende Unterhaltung längst den gesamten Raum einnimmt. Und ich finde es ziemlich niedlich, wie diese aufgedrehten Jungs recht schnell ertappt gucken, wenn ich mich nach einiger Zeit einfach mal mit in die Runde geselle und mit einem Augenzwinkern äußere, dass sie momentan ein klein wenig an Achtzehnjährige erinnern, die noch nie zuvor ein Sex-Toy gesehen haben. Das werden dann oft sehr sympathische Gespräche mit viel guter Laune in entspannter Stimmung.

Und wenn dann noch scherzhaft ein paar Fragen zu Keuschheitskäfigen gestellt werden und die kurze Erklärung mit der Information ergänzt wird, dass wir auch ein paar tolle Modelle für Vielflieger anbieten können, die mit **nummerierten Plastikschlössern** verschlossen werden, die an der Sicherheitsschleuse von den Metalldetektoren nicht wahrgenommen werden – dann wendet sich nicht selten das Blatt von spaßiger Unterhaltung zu durchaus interessierter Nachfrage.

An einer anderen Ecke unseres bunten Gäste-Potpourris kann das schon wieder ganz anders aussehen. Unvergesslich schön: der Besuch einer erlebnisorientierten Berliner Matrone, die sich aus ihrer Reisegruppe in die Wäscheabteilung abgesetzt hatte. Sie plapperte laut und ungezwungen über ihren beachtlichen zweiten Frühling und war dabei, ihre Jeans ganz ungehemmt mitten im Laden abzustreifen, um mal eben schnell in einen schwarzen Traum aus glockigem Lacktüll zu schlüpfen.

„Ach ne, Kindchen. Wat brauch ich denn 'ne Kabine? Da wird mir schon keener wat weggucken, wa? Wenn's nach mir jinge, dann müsste der janze Zauber jar nicht sein, aber der Wilhelm, der mag dat halt und wenn's hilft, nicht wahr, dann wär ick doch schön blöd, die janze, alte Kiste nicht aufzumotzen!"

Vertrauliches Augenzwinkern hin und her und irgendwie dann doch noch liebevoll in eine Umkleide gestupst, berlinerte es sich freundlich weiter durch die hölzerne Klapptür.

„Das Pferd! Das Pferd! Ich habe das Pferd gefunden!" Bei diesem Ruf können meine Kollegen und ich sicher sein, dass die aktuellen Besucher eben frisch aus einer der berühmt-berüchtigten Kieztouren zu uns entlassen wurden.

Man kann sich als Hamburg-Tourist einem der rund 200 verschiedenen Tour-Guides anschließen, die einem unsere gute alte Reeperbahn, dieses nie schlafende, ewig junge Mädchen mit zwielichtigem Ruf und mit ihren besonderen Ecken, zeigen. Manche Guides gehören zur großen *Olivia Jones*-Familie. Dort kann man sich – ganz nach Geschmack – ein paar spannende Kiez-Urgesteine buchen. Ob die Wahl beispielsweise auf Altrocker Eddy Kante, den langjährigen Leibwächter von Udo Lindenberg, fällt oder auf die spritzig-herbe Eve Champagne, Burlesque-Star mit herrlicher Schnodderschnauze, die übrigens auch bei uns in der *Boutique Bizarre* arbeitet, alle geben unserem Kiez ein unvergleichliches Gesicht und können mit den tollsten Geschichten aufwarten.

Und die etwas älteren Jahrgänge erinnern sich natürlich auch noch an die unvergleichliche Lilo Wanders, die in den 90ern mit ihrer Show *Wa(h)re Liebe* erotische Fernsehgeschichte schrieb und heute mit unterschiedlichen Comedy-Programmen tourt. Im wahren Leben steckt hinter dieser erfolgreichen Kunstfigur Ernie Reinhardt. Ein grundsympathischer, kluger Mittsechziger, Vater dreier erwachsener Kinder, der mit seiner Frau ganz solide auf dem Land lebt. An den Wochenenden kehrt er zurück auf den Kiez, verwandelt sich in sein erfolgreiches Alter Ego und bietet seinen Fans ein sehr feines, unterhaltsames Abendprogramm. Denn auch Lilo Wanders gehört heute zu den Reeperbahn-Guides und genießt als einzige (neben Eve Champagne) das Privileg, mit ihren bunten Gruppen Samstagabend bei uns einzufallen und gute Laune zu verströmen. Zehn Minuten vor Eintreffen der geführten Gruppe erscheint ihr Helfer Harry und baut in unserer Galerie den Stehtisch und ein kleines Köfferchen auf, aus dem Lilo Wanders anschließend verwegene Sex-Toys hervorholt und mit intelligent-schlüpfrigen Witzen eine kurzweilige Unterhaltung fürs geschätzte Publikum zaubert.

„... na, ihr Lieben!? Das ist doch niedlich, oder? Ich gestehe, ich bin hier auch schon einige Mal fast rot geworden. Aber jetzt stehe ich hier, wie eine Propagandistin vor Karstadt. Dieses Ding hier – beeindruckend, oder? Da kannste sicher auch SOS mit morsen. Wusstet ihr eigentlich, dass der Durchschnittsdödel exakt 13,9 cm misst? Ja! Und da ist es Wurst egal, ob er mit Amex, Visa oder Mastercard bezahlt ...“

Das kommt immer wieder gut an, wenn sie vor aller Augen Gleitgel mit Karamell-Geschmack schluckt, pointiert über den „zwölfzüngigen Leckomat“ sinniert und mit ihrer Tour-Gruppe schäkert, die den ganzen Zauber mit „Das ist ja der totale Wahnsinn hier“ honoriert.

Diese Touren begeistern die meisten sehr und sorgen für einen beschwingten Einstieg in einen bunten Reeperbahn-Abend, der irgendwann viel später auf der Großen Freiheit endet. Die Menschen lieben das. Es entspricht ihrer Vorstellung, den Kiez zu entdecken. Das ist Auszeit vom realen, angepassten Leben und dafür locken die rote Lampe und der frivole, kleine Witz immer noch am besten.

... amüsierst du dich, denn das findet sich – auf der Reeperbahn nachts um halb eins ...

Und genau so wird das noch lange, lange bleiben, lieber Hans. Ganz egal, wie viele Drogeriemärkte ihr Sortiment testweise um Sex-Toys aufstocken. Und ganz egal, wie offen, aufgeschlossen und modern wir uns Sex und Erotik stellen werden: Lust erfüllen wir uns nicht beim Toilettenpapier-Einkauf. Fantasie lockt uns nicht zwischen Haarkur und nach Reiswaffel quengelndem Kleinkind. Sie bleiben der Wunsch nach dem besonderen Moment. Dass Menschen immer selbstverständlicher und selbstbewusster mit Sexualität umgehen, bedeutet eben nicht, dass sie auf der Resterampe landet, sondern dass sie immer mehr unsere hedonistischen Antennen erreicht. Davon bin ich absolut überzeugt.

Und wenn eine der vielen Gruppen bei uns einfällt und etwas vom gefundenen Pferd ruft, dann wissen wir, dass die Tour-Guides draußen vom teuersten Produkt unseres Hauses erzählt haben. Eine Pferdekopfmaske in Originalgröße, in perfektem Handwerk aus Rindsleder gefertigt, mit echter Pferdemähne, Zaumzeug und Wimpern die jeden Blick darunter, absolut lebendig machen. Es ist ein Kunstwerk. Aber natürlich eines, das von **Petplay**-Liebhabern auch genutzt wird.

Es gibt Menschen, die gerne in Tierrollen schlüpfen und sich darin authentisch verhalten. Das ist ein Minderheitenfetisch, klar. Aber ein existenter. Und ganz nebenbei einer, der allein in der Betrachtung bereits sehr faszinieren kann. Da stecken ein Selbstverständnis und eine Grazie, auch eine Kraft dahinter, die verwirrend schön wirken. Zum 25-jährigen Jubiläum der *Boutique Bizarre* hatten wir eine menschliche Pferdegruppe, in Lycra-Anzügen mit Hufen und Geschirren versehen, durch Hamburg geschickt. Sie fuhren mit der U-Bahn, flanierten an den Landungsbrücken. Und als die Sonne langsam unterging, wurden vier Schimmelstuten angespannt und zogen trabend eine offene Kutsche über die Reeperbahn. Kein Passant, der den Blick davon wenden konnte. Nicht nur, weil dieses Bild ungewöhnlich war, sondern weil die ungewöhnliche Schönheit dabei überwog. Manches kann einen eben an persönliche Grenzen stoßen. Vieles bleibt fremd. Aber die Ausstrahlung des Fremden, gerade wenn es Grazie statt Grobheit vermittelt, beeindruckt doch sehr.

In logischer Konsequenz verkaufen wir auch hin und wieder einen solchen, tragbaren Pferdekopf. Und während er auf seinen neuen Liebhaber (oder die neue Geliebte) wartet, steht er eben in einer großen Vitrine und fasziniert Besucher aus allen Ländern dieser Welt. Stände er nicht hinter Glas, wäre ihm längst sämtliches Mähnenhaar weggestreichelt worden.

Wenn also Reisegruppen die *Boutique* stürmen und nach „dem Pferd, dem Pferd" rufen, dann hat einer der Kiez-Guides eine schillernd bunte Geschichte davon erzählt und sie ist auch wirklich wahr. Im Gegensatz zu anderen Geschichten, die allzu blühender Fantasie entspringen. Jahrelang hielt sich hartnäckig das Gerücht, wir würden im Untergeschoss kleine, schwarze Kindersärge verkaufen. Was für ein grenzenloser Unsinn. Da müssen einem Märchenerzähler mal die Synapsen durchgebrannt sein. Aber wie es Gerüchte so an sich haben: Sie halten sich lange und beständig. Allem Kopfschütteln und gesundem Menschenverstand zum Trotz.

Nein, kein Grufti-Paradies. Keine Särge. Auch keine Kindersärge. Und schon ganz sicher keine Kinder oder Minderjährigen. Sexshops nehmen es mit dem Jugendschutz verdammt ernst. Viel ernster, als es oftmals Eltern tun. Erst kürzlich habe ich wieder einmal ein völlig verrücktes Gespann freundlich vor die Tür gebeten. Es kamen tatsächlich Großmutter, Mutter und Tochter gemeinsam, um für die Dritte im Bunde ein „erotisches Kleid" zu suchen. In solchen Fällen ist unsere Grenze nicht nur erreicht, sondern wird weit überschritten. Das zarte Mädchen war vermutlich noch nicht mal fünfzehn, es war überflüssig nach dem Ausweis zu fragen. Wie kommt man auf die Idee, ein erotisches Kleid für eine Jugendliche in einem Sexshop zu suchen? Und wie kann man sich darüber wundern, mit höflichen, aber klaren Worten zum Gehen aufgefordert zu werden?

Aber so sind eben die Widersprüche. Die einen völlig schmerzbefreit, manch andere leicht überfordert vom erwachsenen Lust-Facettenreichtum. Am besten ist immer noch, von Personen einer Reisegruppe nach dem Sinn und Zweck eines Produktes gefragt zu werden. Und nach einem Halbsatz mit den Worten „Ach lassen Sie es lieber, ich glaube ich, will es gar nicht wissen", wieder unterbrochen zu werden. Und man will es kaum glauben, auch eine Dame, die sich – gegenüber den wilden Fantasien ihrer Mitreisenden – wie ein Kleinkind die Ohren zuhielt und „lala-lala-lala"-singend durch die Gänge schlenderte, ist mir hier begegnet.

Manchmal ist eben Normalität, manchmal ernsthaftes Beratungsgespräch oder auch Lockerheit angesagt. Und manchmal herrscht bunter Bühnenzauber. Wobei nie so ganz klar ist, wer auf welcher Seite des Vorhangs steht. Immer wieder für eine Überraschung gut: einer meiner Kollegen, der hin und wieder an besonders schrillen Besucherabenden einen besonderen Song als Rausschmeißer einspielt.

Wenn der Soundtrack von *Psycho* langsam hochfährt - der aus der berühmten Dusch-Szene, wenn das erhobene Messer vor dem Vorhang auftaucht und nach einem gellenden Schrei massig Blut in den Abfluss fließt - genau dieser Song, den Sie jetzt im Ohr haben und der sich spannungsgeladen mit Violinen-Kreissägen-Sound steigert und einem so ein bisschen das Blut in den Adern gefrieren lässt, wenn man von ihm überrascht wird - der kommt um zwei Uhr morgens, nach reichlich touristischem Bühnenzauber richtig, richtig gut.

4.3

Schrille Vögel, Promis und andere Paradiesgeflüchtete …

Wenn wir Angestellten der Tagschicht um 9.45 Uhr vor dem Laden stehen und auf das Öffnen durch den Sicherheitsdienst warten, ist manchmal Schietwetter, manchmal strahlender Sonnenschein und manchmal irgendwas dazwischen, also typisch Hamburg. Man darf sich da auf nichts verlassen, muss aber mit allem rechnen, auch mit dem Schönen.

Um diese Zeit ist für St. Pauli noch früher Morgen, schließlich hat die olle Reeperbahn eben erst ein kleines Nickerchen gemacht. Typisch St. Pauli sind dann natürlich auch die Übriggebliebenen der letzten Nacht, vor allem aber auch viel Herz & Schnauze. Da wird nebenan im Außenbereich der *Pyjama-Bar* alles frisch gewienert und Mittwochmorgens kommen gegenüber auf dem Spielbudenplatz die mobilen Fress- und Gemüsestände für den allwöchentlichen Nachtmarkt an.

Es ist aber auch möglich, dass eine gestenreich artikulierende Oma mit Stützstrümpfen und Einkaufs-Trolley vorbeischwadroniert und einem mal eben ein paar Äpfel in die Hand drückt. Versehen mit der Zusatzinformation:

„Du kannst dich ruhig nochmal hinlegen, Liebchen. Der Schuppen öffnet erst zehn Uhr abends. Steht doch da an der Tür, mein Hase!"

„Ne. Zehn Uhr meint schon vormittags. Wir haben von morgens bis zwei Uhr nachts geöffnet. Jeden Tag des Jahres.

Nur Weihnachten gehen wir dann doch schon nachmittags um Vier."

„Leg dich trotzdem nochmal hin. Bis Weihnachten ist noch lange."

„Vielleicht morgen, jetzt sollte ich da wirklich reingehen."

„Na, gesund ist aber anders. Dann iss wenigstens einen Apfel, Kind", spricht sie und drückt mir postwendend einen in die Hand.

Das ist St. Pauli. Seine liebenswerte Seite, die viel mehr als nur Betrunkene und Verlorene zu bieten hat. St. Pauli bietet Platz für alle. Vor allem für diejenigen, die fernab des Mainstream, weit weg von allgemein gültiger Kleider- und Lebensordnung, ihr eigenes Ding machen. Schrille Vögel sind liebenswert und sie haben die unterschiedlichsten Gesichter.

Wenn Olivia Jones, riesengroß und papageienbunt, immer einen lockeren „Na, ihr Hasen?!"-Satz auf den Lippen tragend, hier hereinschneit, dann bleibt kein Auge trocken. Versteht sich von selbst. Ob mit oder ohne schrillen Tross, die Menschen lieben diesen bunten Paradiesvogel, der so wirkt, als könne er nie schlechte oder auch nur normale Zeiten im Leben kennen. Erscheint *sie* hin und wieder ungeschminkt und unauffällig als der reale Mensch Oliver Knöbel in Männerklamotten, bleibt dies den Kiezbesuchern immer verborgen. An der Stimme könnte man ihn erkennen, aber selbst diese ist dann eher verhalten und unaufgeregt. Der Mensch hinter der Kunstfigur ist bei Bühnenleuten fast immer vergleichbar still, aber nicht weniger spannend.

Das ist bei Lilo Wanders oder Eve Champagne nicht anders. Wenn Eve ungeschminkt und paillettenbefreit ihre Schicht in der *Boutique* antritt – und Gott weiß, die Tagschicht ist äußerst bitter für dieses Nachtwesen – dann würde sie kaum jemand erkennen, der nicht mit ihrem Alltagsgesicht vertraut ist. Ich mag sie in dieser stillen Ausgabe sehr. Aber richte eine Kamera auf sie oder gib ihr eine gute Vorlage und Eve schaltet sich wie ein 1.000-Watt-Strahler auf Knopfdruck ein. Dann verfügt sie in Millisekunden über die perfekte Pose, die beste Attitüde und eine unvergleichbar amüsante, freche Power, die jeden mitnimmt. Ein echtes Kiez-Original.

Und davon bietet St. Pauli so einige. Mancher Besucher wundert sich, wenn hier *der General* im Stechschritt einfällt. So schwungvoll und einnehmend, dass man ihn nicht übersehen kann. Alter: unschätzbar. Aber stets tipptopp in frisch aufgebügelter Garde-Uniform, mit einer Menge Lametta am Revers. So einfach ist das hier. Wenn man eine bestimmte Figur mit Persönlichkeit werden möchte, wird man sie. Punkt. Dann dreht man als General die Runde im Viertel, schneit locker herein, zieht alle Augen auf sich, hält ein Schwätzchen über das werte Befinden und verteilt ausgiebig den aktuellen Kiez-Tratsch. Zum guten Schluss öffnet er anschließend den mitgebrachten Aktenkoffer, aus dessen Tiefen sich immer ein paar Creme- oder Parfümproben für die Damen finden lassen. Oder eine Schachtel Pralinen, vielleicht ein kleiner Piccolo halbtrocken. Irgendetwas Nettes, das, auf welchen Wegen auch immer, ins Köfferchen gefunden hat.

Wenn russische Travestiekünstler aus dem Cabaret *Pulverfass* die Schuhabteilung einnehmen, wird die Tageszeit zur Nebensache. Sie machen in wenigen Sekunden unser Untergeschoss zum Laufsteg und zeigen mit weit ausladendem Hüftschwung der gesamten Damenwelt, was eine Harke ist. „Drama, Baby!" – man kann fasziniert zusehen, dass es mehr als einen „Hoche" (Jorge) gibt. Ob in gertenschlank, gestählt oder sogar mit erheblichem Übergewicht:

Wenn ein Mann entschieden hat die Frau zu geben, überholt er sie in Perfektion. Da sitzt jeder Schritt, jeder einzelne Finger einer fließenden Handbewegung, jede professionell gezogene Augenbraue. Sogar im Tages-Make-up, ohne Perücke und Chichi: Wenn Travestiekünstler ein paar neue *Schlampen-Schlappen* in Größe 44 benötigen - und sie brauchen eine Menge davon - sind Glitter, Glamour und Drama angesagt, bei denen man sich als normale Frau in Jeans und Sneakers fast wie ein geschlechtsloses, unsichtbares Wesen vorkommt.

„Hach! Meine Augen! Ich bitte dich, Schätzchen, das ist aber ziemlich *casual,* was du da trägst. Wo kommen wir denn hin, wenn sich die geschlitzte Konkurrenz so gar keine Mühe mehr mit ihrem Äußeren gibt?"

Hatte ich schon erwähnt, dass Kunden sehr streng mit uns Angestellten sein können? Nötigenfalls auch mit auf der Stirn liegendem Handrücken, verdrehten Augen, theaterreifem Ausatmen und einer Körperdrehung, die Vaslav Nijinski zur Ehre gereicht hätte.

Doch, wir haben sehr viel Spaß hier. Mit einer Menge bunter Paradiesvögel. Die einen bekommen ihren großen Auftritt, die anderen schauen mit Tratsch und kleinen Geschenken vorbei, wieder andere holen sich eine Kleinigkeit ab. Ein wenig Aufmerksamkeit, ein paar nette Sätze und einen vorgeschobenen, liebenswerten Grund zum Bleiben beispielsweise.

Der alte Gunther ist knapp achtzig. Ein schmaler Rentner, der in seinem etwas zu großen Anzug immer ein wenig zu versinken scheint. Er lebt an der Armutsgrenze, aber ist stets gepflegt, trägt Krawatte und arbeitet sonntags ehrenamtlich bei der Heilsarmee. Dort bestuhlt er den Raum für die Verköstigung der Obdachlosen, hilft in der Suppenküche und geht zum Gottesdienst. Am Abend schaut er oft auf einen Schwatz bei uns herein und bekommt sein obligatorisches Glas Wasser. Dann steht er ein wenig verloren am Verkaufstresen, erzählt vom Tag oder ein paar Geschichten aus seinem früheren Leben. Das nicht so besonders glücklich war, damals als Kind im Waisenhaus und später als Mann, der bei Frauen kein wirkliches Glück hatte. Es sind unspektakuläre Geschichten von einem sehr leisen, unauffälligen Mann, aus einem gänzlich unspektakulären Leben. Und wenn viel los ist, dann müssen wir ihn hin und wieder auch bedauernd nach Hause schicken. Aber wenn Gunther mal einen Sonntag nicht kommt, dann fehlt er, und die Kollegen, die ihn am besten kennen, machen sich Sorgen, ob wohl alles in Ordnung mit ihm ist. Gunther ist das beste Beispiel dafür, dass es die unterschiedlichsten Gründe gibt, um in einem Sexshop auf der Reeperbahn zu sein. Auch welche, die mit Sex nicht das Geringste zu tun haben.

Der geneigte Leser wartet an dieser Stelle natürlich auf viel mehr Prominenz. Verständlich, das würde mir nicht anders ergehen. Lassen Sie mich einen Vorschlag machen: Schlagen Sie Ihre aktuelle Fernsehzeitung, die *BUNTE* oder ein ähnliches Magazin auf und lassen Sie uns gemeinsam bekannte Schauspieler, Musiker und Sportler aus diesen Heften heraussuchen. B- und C-Prominente, aber auch die ganz, ganz Großen. Deutsche und internationale A-Prominenz, bis hoch nach Hollywood. Und dann notieren wir jeden Dritten auf eine Liste. Mit ein wenig Glück haben wir dann ziemlich genau die bekannten Persönlichkeiten, die auch schon die *Boutique Bizarre* besuchten. Kein Spaß, dieses Spiel käme der Wahrheit wirklich sehr nahe. Denn sie sind und waren alle da. Alleine oder in Begleitung. Oft, aber nicht ausschließlich, mit ihren Ehepartnern und viele mit witzigen Begebenheiten, die ich leider alle nicht veröffentlichen darf. Zum einen, weil es mir mein Lektor strengstens verbietet, um böse Unterlassungsklagen zu vermeiden. Zum anderen aber selbstverständlich auch, um moralisch richtig zu handeln und das Vertrauen unserer Gäste nicht zu enttäuschen. Vielleicht würden es die meisten gar nicht dramatisch finden, in diesem Band mit einer sympathischen Geschichte erwähnt zu werden. Vielleicht aber doch.

So ist es eben mit dem Thema Erotik. Eigentlich sind wir alle darin unglaublich tolerant und aufgeschlossen. Eigentlich ist Sexualität schon lange kein Schlüssellochthema mehr. Und eigentlich würde es überhaupt keinen Unterschied machen, ob das Lieblingslokal oder die liebste Erotik-Boutique signierte Fotos seiner prominenten Besucher an die Wände hängt. Schließlich geht es nicht um die Nennung von Praktiken und Vorlieben, ebenso wie ein Wirt nicht den Getränke-Bon und Promillezahl ans Promi-Konterfei heftet, sondern ausschließlich um ein lockeres „Ja, ich/wir sind hier, haben Spaß und kommen gerne wieder". Eigentlich wäre das total normal und völlig harmlos.

Uneigentlich bleibt aber das Bekenntnis zu lustvoller Sexualität eben doch immer wieder denen vorbehalten, die mit dieser Offenheit real oder vermeintlich keine Repressalien zu befürchten haben. Verrückt, nicht wahr? Der Ruf nach einer neutralen Tüte scheint noch große Berechtigung zu besitzen. Und sei es nur, um vorsichtshalber auf der richtigen Seite zu stehen. Sexualität bewegt sich im interpretationsfähigen Raum.

Einen großen Dank an dieser Stelle an Olivia Jones, Lilo Wanders und Eve Champagne, die sich so unkompliziert, mit viel Charme und Witz bereiterklärten, dieses Buch zu unterstützen und gemeinsam mit mir ein aufrechtes Lied auf St. Pauli, unseren Erotikbunker und die vielen anonymen Menschen zu singen, für deren Lust und Leidenschaft wir immer wieder gerne auf eine Bühne klettern. Ihr seid wirklich Helden aus der ersten Reihe. Schamlosigkeit kann auch eine echte Tugend sein.

Meine Kollegen und ich erkennen Prominente selbstverständlich immer, auch wenn wir es uns nicht anmerken lassen. Wir sprechen niemanden mit seinem Namen an, selbst wenn uns dieser meilenweit hell entgegen leuchtet. Solange unser Gegenüber nicht irgendeine deutliche Brücke baut, ist für uns jede bekannte Persönlichkeit ein oder eine Unbekannte/r. Ganz besonders, wenn sie verkleidet erscheinen. Auch das kommt vor und ich beneide keinen Menschen um die Situation, sich vermummen zu müssen, um unerkannt vor die Tür zu gehen.

Einer der großen, deutschen Fernseh-Bösewichte besuchte die *Boutique* einmal mehrere Tage hintereinander in unterschiedlicher Verkleidung. Mal kam er mit Mütze, mal eingewickelt in einen Schal, dann wieder mit tief in die Stirn gezogenem Hut, um sich nach und nach seinen persönlichen Wunschzettel zu erfüllen.

Ähnlich und doch ganz anders ein Scheich, an dessen Namen und Gesicht sich in unseren Breiten sowieso kein Mensch erinnern kann. Dieser erschien mit rund zwanzig Personen Begleitung, darunter mehrere verschleierte Frauen und ein irres Aufgebot an Sicherheitskräften, allesamt mit versteinerten Mienen im schwarzen Anzug, mit Sonnenbrille und Knopf im Ohr. Unter unauffällig lässt sich solch eine *Men in Black*-Aktion sicher nicht verbuchen. Der Scheich selbst wandelte komplett wortlos durch die Abteilungen und tippte, mehr oder minder willkürlich, mit dem

Zeigefinger auf die Wunschprodukte, die von uns umgehend in neutrale Kartons hinter dem Kassentresen gestapelt werden sollten. So überraschend wie er kam, war seine Exzellenz dann auch wieder verschwunden, die rund 5.000 Euro Warenwert wurden von einem der wortkargen Begleiter mit einer *No-Limit*-Kreditkarte beglichen, mit der er vermutlich auch ebenso unproblematisch eine ganze Insel oder ein kleines Königreich hätte kaufen können. Nur dass diese anschließend nicht ebenso unproblematisch wie unsere Wagenladung *neutraler* Kartons, prall gefüllt mit Dessous und Sex-Toys, in die Superior-Suite des *Hotel Atlantic* hätten geliefert werden können.

Von wo an anderen Tagen Udo Lindenberg immer mal wieder bei uns hereinschneit, um seinen persönlichen Gästen und Freunden das Herz von St. Pauli zu zeigen. Mein Kollege Ernie schwärmt immer noch gerne von solch einem Moment, als ihm der Altrocker mit Hut, exakt so wie man ihn sich vorstellen würde, über den Verkaufstresen hinweg die Hand reichte.

„Keine Panik auf der Titanic. Das bin nur ich mit ein paar guten Jungs. Wir machen einen kleinen Zug über den Kiez."

„Verdammt. Da denkst du an nichts Böses und rechnest mit nichts. Und dann steht da plötzlich Udo vor dir. Eine Legende. Eine, mit der du groß geworden bist, deren Songs du gesungen hast. Einer, der sich damals traute, Honecker auszulachen. Sonderzug nach Pankow, erinnerst du dich? Das war mein Held. Und dann gibt er mir hier einfach so die Hand. Scheiße, Alter. Ich meine: Das ist Udo Lindenberg!" – so schwärmt Ernie noch heute und kaum ein Zitat hätte ich lieber hier aufgenommen als dieses.

Kollege Jo erinnert sich heute noch an das T-Shirt, das er trug, als plötzlich unverhofft eine der ganz großen Hollywood-Diven reiferen Alters vor ihm stand. Ein Wolfskopf in fluoreszierenden Farben wäre darauf abgebildet gewesen. Weshalb sie ihn sehr freundlich und absolut ladylike in ein nettes Gespräch über Wölfe eingebunden hätte. Ihm war das Shirt in dieser Situation peinlich. Er hätte sich lieber einen Anzug herbeigewünscht. Aber sie nutzte es eloquent, um eine Basis zu schaffen, auf der er sie später als persönlicher Berater durchs Haus begleitete. „Unauffällig" gefolgt von zwei Bodyguards mit Sonnenbrille. *Men in Black* steht hier einfach immer wieder hoch im Kurs.

„Thank you so much. It was an awesome visit in your fascinating house." Jo hütet das unsägliche Shirt noch heute wie seinen Augapfel, ebenso wie die gesamte Devotionalienkiste besonderer Lebensgeschichten. Und diese ist prall gefüllt mit Kunst, Kultur, Musik und Theater. Er ist aufgrund seiner Interessen derjenige im Kollegenkreis, der all die Literaten, Dirigenten, Sopranistinnen, die eher leisen, unauffälligen Prominenten erkennt. Er erzählt die fein gewobenen Geschichten. Nicht die von Jürgen und Corinna Drews, die weniger die Toy-Abteilungen, dafür das Dessous-Paradies sehr schätzen. Was erwähnt werden darf, da das stets freundliche und volksnahe Schlagerpaar sich auch schon für eine Kiez-Berichterstattung der *Hamburger Morgenpost* in der *Boutique Bizarre* filmen ließ.

Ihnen und all den vielen anderen Prominenten ein herzlicher Gruß an dieser Stelle. Ihre Besuche freuen uns sehr und sprechen für Stil und Niveau der *Boutique Bizarre* und darauf sind wir sehr stolz. Wo, wenn nicht hier auf der Reeperbahn, lebt auch der Einzelhandel von ebenso viel Charme, wie Glitzer und Glamour seiner Gäste. Und wir bewahren ihr kleines Geheimnis immer seriös und vertraulich.

Sollte es aber gar kein Geheimnis sein müssen, freuen wir uns sogar noch ein kleines bisschen mehr, wenn Sie uns ebenso wie ihr Lieblingslokal oder die Edelboutique am Jungfernstieg auf Facebook, Twitter oder Instagram posten. Sie glauben gar nicht, wie viel Sie damit für Menschen, für deren Selbstverständnis gegenüber einer offenen Sexualität und lustvoller Lebenseinstellung tun würden.

Ein herzliches Dankeschön an dieser Stelle an den grandiosen Schauspieler Ben Becker. Ihn darf ich nennen, denn er hat uns eine Autogrammkarte hiergelassen, auf der handschriftlich ein dickes Herz neben *Boutique Bizarre* prangt. So etwas freut uns, neben den menschlichen, wirklich schönen Kontakten, sehr! Aber wir verstehen natürlich auch Bedenken.

Was hatte ich für eine unvergessliche Schicht mit meinem Kollegen Frank, der einen unglaublich witzigen Kunden, der auf schräge Frauenkleider steht, irgendwann auf seine Stimme ansprach. Klar, das war ein ganz großer Synchronsprecher. Unverkennbar! Der uns anschließend die genialsten Geschichten seiner Arbeit erzählte. Ganz großes menschliches Kino, ein Traum-Tag für uns beide. Und ich kann diesen bekannten Sprecher gut verstehen, dass er mir für einen glänzenden Joke in diesem Buch lachend eine kleine Abfuhr erteilte. Denn vermutlich wäre es Ihnen und euch dann ähnlich wie Frank ergangen …

Der stand am nächsten Tag, als ganz großer Fan, wieder mit mir in der Schicht und sagte: „Mist! – ich kann meine Lieblingsserie nicht mehr gucken, ohne ständig diesen liebenswerten Kerl im Fummel vor mir zu sehen!"

Immer hart an der Grenze entlang: *your pleasure, our home!*

4.4

Das wird ganz groß!
Von Bühnenausstattern & Filmteams

Während die einen schon prominent sind und am liebsten unerkannt bleiben möchten, wollen andere erst noch entdeckt werden oder benötigen Produkte aus dem Sexshop, die niemals mit Sex in Berührung kommen werden. Verrückte Welt und als ungeschriebenes Gesetz gilt mittendrin: *Sex sells* oder ist zumindest nicht ersetzbar. Somit liebt die Presse den Sex in allen Variationen und die Medien benötigen ihn, um (nicht nur) den Sonntags-Krimi etwas aufzupimpen.

Wann immer der Verdächtige oder der Mörder auch nur irgendwas mit Sadomaso zu tun hat – und das haben sie oft, weshalb Drehbuchautoren eigentlich zur Strafe in der Hölle schmoren sollten – war die Filmcrew schon bei uns im Untergeschoss. Ob als realer Dreh oder für die Requisite, der Regieassistent flitzt noch schnell zu Zwecken der Tatort-Dekoration durchs Haus. Schnell ein paar Ledermasken, möglichst fies und gruseltauglich, oder gleich eine Latexsonderausstattung, mit der das arme Opfer glänzend schön und furchtbar grausam aufs TV-Lotterbett vakuumiert wird.

Solche Vakuummatratzen gibt es wirklich und wir verkaufen sie sicherlich nicht nur zu Filmzwecken. Stellen Sie sich einfach vor, Sie legen sich nackt zwischen zwei speziell gefertigte Latexschichten, die auf Mundhöhe nur noch ein kleines Loch zum Durchstecken eines Röhrchens besitzen, durch das Sie in den nächsten Minuten – oder

Stunden - atmen können. Sie machen es sich bequem, die dicken Latexschichten werden miteinander verschlossen und zu guter Letzt wird die dort noch existente Luft durch einen angeschlossenen Staubsauger-Schlauch herausgezogen. Was passiert? Sie liegen flach wie eine Flunder auf die Matratze gepresst und üben sich in ZEN. Zuschauen - Entspannen - Nachdenken. Für Menschen, die unter Platzangst leiden, ein wahres Höllenszenario. Für andere die beste Variante, um freiwillig, gehalten von ihrem liebsten Fetischmaterial, zu absoluter Ruhe zu kommen.

Sämtliche TV-Doku-Formate drehen sehr gerne bei uns, wenn sie Erotikthemen recherchieren und zumindest gefühlt kann ich in jeder 5. Frauentausch-Folge einen Blick auf meinen eigenen Arbeitsplatz erhaschen. Ganz egal, ob Schwiegertöchter gesucht werden und sich die arme Beate in der aktuellen Folge plötzlich mit Dessous-Themen herumschlagen soll, oder irgendein harmloses Pornosternchen seine Home-Story lieber direkt aus dem Sexshop sendet, meist stammen die Einspieler dafür aus einem mir sehr vertrauten Haus auf der Reeperbahn.

Erinnern Sie sich noch, als sich eine Menge Zuschauerinnen spontan bei *Shopping Queen* in Nina verliebten? In eine der schönsten und herzlichsten Teilnehmerinnen dieser Sendung, trotz oder gerade wegen ihres großflächig tätowierten Körpers, ihrer Liebe zum Pin-up Style der 50er und ihrem unglaublichen Lächeln, das beide Geschlechter gleichermaßen einzunehmen versteht. Eine authentische, wundervolle Frau, ein Kiez-Original mit so viel Herz, dass es einem warm ums eigene wird. Auch ich habe mich damals bei der TV-Ausstrahlung von *Shopping Queen* in sie schockverliebt und erfuhr erst später, dass sie zu diesem Zeitpunkt auch eine zeitlang in der *Boutique Bizarre* gearbeitet hat. Eine ehemalige Kollegin also, die mit für einen der schönsten Drehs hier im Haus sorgte. In den vergangenen Jahren konnte sie sich mit ihrem eigenen kleinen Laden *Liebenswichtig* am Grünen Jäger selbstständig machen. Und der Name ist Programm. Ein ganz wundervoller Teil vom Herzstück St. Paulis ist sicherlich dort bei Nina zu finden.

Ganz anders, aber nicht weniger Original: Kalle Schwensen, einstige Reeperbahn-Größe mit etwas zwielichtigem Ruf. Die meisten erinnern sich, dass er sich, nachdem er 1996 in seinem eigenen Lokal angeschossen wurde, selbst auf der Trage gegenüber den Sanitätern noch verbat, ihm seine *Ray-Ban*-Sonnenbrille abzunehmen. Ein wirklich harter Hund, inzwischen auch ein wenig in die Jahre gekommen. Aber es geht ihm wohl gut, Schwensen genießt heute noch Herz und Respekt des Viertels und muss niemandem mehr etwas beweisen. Ein bunter Hund ist er aber geblieben, weshalb er als Teilnehmer bei *Mein bestes Promi-Dinner* die drei anderen Kandidaten nicht an seinen heimischen Tisch einlud, sondern feinste Küche im *Verlies* auffahren ließ. *Das Verlies* ist sein eigener SM-Club in der Erichstraße. Also mittendrin im Rotlichtbezirk St. Pauli. Man kann dort Führungen und besondere Erlebnisse buchen. Und Schwensen hatte sicherlich ein diebisches Vergnügen dabei, die an Harmlosigkeit gewohnte *Promi-Dinner*-Zuschauerschaft mit Einblicken in sein finsteres Verlies zu quälen. Und nicht minder viel Vergnügen hatte er bereits dabei, vorab in der *Boutique Bizarre* vorbeizuschauen, um mit Ernie – mit wem auch sonst, er ist einfach der Mann für die besonders schweren Fälle – noch ein paar passende Requisiten auszubaldowern.

„Promi-Dinner. Du weißt schon. Schnickschnack, edles Essen und so, das lass ich alles kommen, da werden die

Herrschaften sowieso schon mal die Ohren anlegen. Aber ich brauche noch was Hübsches für zwei gutgebaute Sklaven, die auftragen werden."

Nun, wie könnte es anders sein und im Netz sind die Folgen dieser Sendung ja noch einzusehen: Letztendlich steckten die beiden hünenhaften Sklaven unten in hautengen Shorts und oben, übermäßig gut gekleidet, in martialisch anmutenden Ledervollmasken und sorgten deutschlandweit für den kleinen SM-Grusel. Eine Flasche feinsten Champagners aufs Klischee! Man sollte zwei Männer in überschäumender Verschwörung einfach keine Fernsehbeiträge zu Randgruppensexualität ausstatten lassen. Aber Kalle Schwensen gewann natürlich das *Promi-Dinner* und brachte das Sieg-Geld für soziale Zwecke dorthin nach Hause, wo es auch hingehört: nach Hamburg, St. Pauli.

Doch genug der netten Zwielichtigkeiten. Auch das *Hamburger Schauspielhaus* und andere renommierte Häuser oder auch engagierte Theatervereine benötigen für viele Inszenierungen besondere Kleidung oder statten mit ein und demselben Glamour-High-Heel unterschiedlicher Größen die Tänzerinnen einer großen Burlesque-Szene aus. An keinem Beispiel zeigt sich besser, dass ein Erotik-Shop nicht einfach nur ein Synonym für billiges Sexzubehör ist, sondern auf diesem Terrain auch sehr viele menschliche Träume, Sehnsüchte und Fantasiewelten zuhause sind. Kunst und Kultur erzählen sie immer wieder neu, inklusive der Erotik. Die schönen Künste und der begehrliche, lustvolle Mensch sind einfach nicht voneinander zu trennen. Dass der Weg dorthin manchmal aber auch die absonderlichsten Blüten trägt, davon können wir Verkäufer ein Lied singen:

„Ich habe dort vorne rote Lackstiefel gesehen. Was hältst du davon, wenn wir dich in Szene 5 darin über die rechte Treppe kommen lassen?"

„Gute Idee. Der thematische Diskurs zwischen Sehnsucht, Zerrissenheit und bewegungslosem Verharren in der Realität könnte damit wunderbar transportiert werden. Aber meinst du, der rote Lack harmoniert mit dem Schlangenleder-Imitat, das Leander fürs Kostüm ausgewählt hat?"

„Guter Einwand. Wir könnten bewusst überzeichnen, wenn du noch eine von den Augenmasken trägst."

„Naja, ich summe in Szene 5 ein Kinderlied …"

„Genau dieser Mix macht doch die Diskrepanz zwischen adoleszenter Unschuld und fast suizidaler Sehnsucht total deutlich. Die unaussprechliche Wahrheit als bildhafte Seelen-Fokussierung. Erinnere dich an Wagenknechts Interpretation der Nana."

„Das bekommt aber auch schnell etwas von der roten Lola, oder?"

„Wir spielen mit Brüchen. Das Stück schreit danach. Vielleicht könnte man diesen Ansatz ja mit zusätzlicher Requisite unterstreichen. Hier! Stecke dir doch noch diese Peitsche in den Stiefel."

Stundenlang können sich solche Gespräche zwischen Bühnenmenschen hinziehen, die wir gelassen als fleißige Helferlein unterstützen. Vielleicht lassen sich die unterschiedlichen Rottöne von Kostüm und Stiefel ja noch irgendwie anpassen? *Husch-husch* in die Umkleide, die Kollegin holt noch ein anderes Modell aus dem Lager. Ruft jemand noch schnell unseren kreativen Hausdesigner Ranos an, ob er spontan etwas nähen kann? Oder stattdessen doch lieber eine Federboa? Vielleicht lieber Abendhandschuhe. Wie würden denn diese wirken? Klar, wir machen ein paar Fotos für den Regisseur, der gerade noch im Zug nach Berlin sitzt. Klasse, hier ist sein Ok, wir nehmen Variante drei, das wird ganz, ganz groß!

Künstler und Erotik: ein unschlagbares Doppel. Eines, das gepflegt werden muss und das wir lieben. Aus diesem Grund bekommen auch die bildenden Künste in der *Boutique Bizarre* immer eine Plattform. Wir veranstalten Ausstellungen mit Fotografen, Malern, Illustratoren. Alle sechs Wochen gibt es eine Vernissage mit einem neuen Künstler oder einer neuen Künstlerin. Zu diesen Veranstaltungen erscheinen Journalisten und Kunstsammler ebenso wie hochintellektuelles und einfach sehr neugieriges Publikum. Man spricht mit dem Künstler, nippt am Prosecco und stößt auf immer wieder neue Blickwinkel erotischer Kunst. Das Schöne ist, dass wir - anders als andere Galerien - auch Ü18-Fotografie zeigen dürfen. Keine plakative Pornografie, sondern pornografische Kunst, der Unterschied ist gewaltig. Wenn Künstler in ihren Arbeiten unbegrenzt sein dürfen, kommen faszinierende Werke dabei heraus.

Und wenn Sie im ersten Quartal des Jahres, irgendwann zwischen Januar und März, Menschen im Sexshop finden, die so gar nicht nach Kunden oder Touristen aussehen, sondern Zeichenblöcke in der Hand haben oder den Pinsel schwingen, dann kann es sich nur um den mehrwöchigen Kurs „Erotisches Zeichnen" der Volkshochschule Hamburg handeln. Auch dieser findet im größten Fetischkaufhaus Europas statt. Denn wo gäbe es bessere Möglichkeiten Akte zu skizzieren oder erotische Vorlagen zu finden, als hier?

Drehteams aller Medien haben immer einen straffen Zeitplan. Sie kündigen sich an, bekommen einen Termin - bevorzugt während der Stunden, in denen mit weniger Kundenbesuchen zu rechnen ist - und dann schwappt eine Welle wildes Gewusel durch die Gänge. Ton, Kamera, Licht, noch mehr Licht, Regie, Regieassistenz. Eine/r, der den Hut auf hat und viele, die wie perfekte Zahnräder ineinandergreifen. Eine kurze, aber wortreiche Besprechung nach der Führung durchs Haus, welche Ecken sind für den gewünschten Dreh am besten geeignet? Oft sind Moderatorinnen mit am Set, die sich die meiste Zeit unbeteiligt im Hintergrund aufhalten. Und schließlich – *pling* – auf ihr Stichwort, wenn alles perfekt ausgeleuchtet und verkabelt ist, mit einem strahlenden Lächeln aus der Deko treten und ihre Sätze in die Kamera sprechen, als hätten sie gerade eben eine ganz tolle Welt erkundet, aus der sie nun un-be-dingt berichten möchten. Und zack! Schon ist es wieder vorbei, der Dreh selbst in einem Bruchteil der Zeit, der für Auf- und Abbau verwendet wurde. Und schon sehen wir nur noch die Rückseite des hinauseilenden Regisseurs, der noch kurz etwas über die Schulter ruft:

„Vielen Dank, das war ganz groß! Die Assistenz räumt noch auf, ich bin weg! Ausstrahlung im April auf der Webseite der *Barbara*. Printbeitrag mit Fotos im Heft. Tschüss, bis zum nächsten Mal!"

Irgendwas mit Sex, Lust und hastenichtgesehen ist es immer. Mal im seriösen Frauenzeitschrift-Kanon, mal als *Pro7* oder *RTL II*-Doku-Charakter. Aber – es sei getrommelt und gepriesen – auch die *ZEIT* war schon für einen wirklich interessanten Beitrag über *Transsexualität und deren steinigen Weg zur neuen Identität* bei uns auf dem Kiez. Großartig! Eine sehr berührende und authentische Story, von diesen Formaten wären viel mehr zu wünschen. Oder warum nicht mal das *Literarische Quartett* mit außergewöhnlich guten, erotischen Titeln, gesendet aus der Galerie der *Boutique Bizarre*? Das wäre doch ein Traum!

Ein kleiner, großer Albtraum dagegen war vor einiger Zeit der Dreh des Ukrainischen Staatsfernsehens. Ja, das gibt es. Fragen Sie nicht, was Sie davon halten sollen. Wir hier hatten das Vergnügen einer raumeinnehmenden TV-Apokalypse. Drei russische, frisch verheiratete Pärchen mit dem Wunsch, ihrer künftigen Ehe auch ausreichend spannende Sexualität einzuhauchen. Jedes einzelne umgeben von einem Fünf-Mann Dreh-Team, also ein Trupp gut 20 Mann hoch, der sich wie eine wild quasselnde Ameisen-Invasion durch unsere heiligen Hallen fraß und völlig beiläufig dies und nebenbei das in die Finger nahm. Ein Riesenaufgebot an abschätzender Oberflächlichkeit, die jede Abteilung inklusive der anwesenden Angestellten überrollte. Und ganz ehrlich, es dauert lange, bis meine Kollegen und ich kopfschüttelnd nur noch die Augenbrauen hochziehen und die Hände vor der Brust verschränken. Drei Stunden lang zwanzigmal Russisch im oberen Dezibel-Bereich und völlig unklar, wie aus dem ganzen Zauber nun eigentlich irgendein sinnvoller Beitrag entstehen sollte. Der blanke Horror. Wieso eigentlich Ukraine? Ist Putin nicht derjenige, der Homosexuelle und sämtliche Regenbogenlieben verfolgen, schikanieren und wegsperren lässt? Und dann soll es irgendein schräges *Sex-Spezial* des Staatsfernsehens geben, das sich ausgerechnet als Kulisse eines der Häuser aussucht, das für Toleranz und Freiheit in einer der liberalsten Ecken der Welt steht?

Man muss nicht alles verstehen, aber kritisch hinterfragen sollte man es. Bitte auch in einem unterhaltenden Sachbuch, das viel Spaß machen soll, aber vielleicht auch an der einen oder anderen Stelle den Finger in die Wunde legen darf. Putins Staatsjünger zumindest werden hier vermutlich nicht mehr drehen, soviel ist sicher.

5

Echte Ausnahmetalente

5.1

Das tiefe Tal der Freudlosen

Wenn man auf dem Kiez arbeitet, kommt man nicht darum herum, hin und wieder mit den Touristen zu einer einheitlichen Masse zu verschmelzen. Sie besiedeln die Hälfte des Jahres die Reeperbahn vom Millern- bis zum Nobistor, hocken wie die Hühner auf den hohen Bänken, die ihnen die Gastronomen, inzwischen scheußlich einheitlich, aufgestellt haben und genießen ihren Städtetrip in den hohen Norden. Nun wissen wir Hamburger natürlich, an welchen Stellen wir, nur ein, zwei Querstraßen nach hinten versetzt, ins echte, urlauberfreie St. Pauli abtauchen können, aber als Autor/in setzt man sich auch gerne mal mitten in den Wahnsinn hinein. Kein Ort ist besser geeignet, um Menschen zu beobachten, die fern ihres natürlichen Lebensraumes Fremdes bewerten und sich dabei gänzlich unbeobachtet fühlen.

Ich persönlich bin fasziniert davon, dass einige Urlauberpaare fast überhaupt nicht mehr miteinander reden. Sie schweigen. Und gucken. Und schweigen. Und ihre Gesichter sprechen gelangweilte Bände. Sie sehen sich gegenseitig an und sehen nichts, was sie nicht schon über Gebühr kennen würden. Sie sehen in die Weite und sehen nichts, was ihnen Spaß bringen könnte.

In einer bunt durchgewürfelten Reisegruppe wird gequatscht, was das Zeug hält, aber wehe, wenn manche Paare sich in der schönsten Zeit des Jahres miteinander beschäftigen dürfen, dann herrscht leider oft das große, tiefe Tal der Freudlosen und mich schüttelt es bereits beim Zuschauen. Nun bin ich ja auch hin und wieder Urlauber. Ich liebe Städtereisen mit meinem Liebsten. Und wenn wir dann in Amsterdam, Venedig, Paris oder wo auch immer unterwegs sind, dann pochen wir! Weil es spannend ist eine neue Stadt zu erkunden, weil es ganz besondere Qualitätszeit für uns ist, weil wir dort auftanken und Erinnerungen sammeln, weil das alles verflixt nochmal richtig geile Zeit ist, von der wir noch lange gemeinsam zehren. Und deshalb lachen und sprudeln, genießen und erzählen wir, wir tauschen uns aus, zeigen uns Dinge, die wir spannend finden. Und ja, wir küssen und turteln, berühren und umarmen. Hey! Leben und Lieben sind zum Anfassen gemacht!

Nun gibt es natürlich keinen Maßstab, wie Städteurlauberlaune auszusehen hat und mein Glück muss dem Glück von anderen nicht ähneln. Schon klar. Vielleicht gibt es dort ja vertraute, heimelige Abgründe, die mein oberflächliches Hirn nicht wahrnehmen kann, vielleicht fehlt mir auch einfach die richtige Einstellung zum Prinzip Ehe. Ich für mich kann nur ganz verbindlich sagen, dass ich auf diesem Fundament mit Sicherheit nicht mal tot im Abendrot liegen möchte, wenn der Preis dafür ist, sich ultimativ anzuöden. Dazu hätte ich keine Lust und definitiv zu wenig Lebenszeit, ich verschwende diese lieber mit Erleben, als mit Ertragen.

Oh böse, böse Bukowski! Was für ein anmaßendes, spitzzüngiges Weib, das sich da gerade in Tod und Verderben schreibt, nur weil nicht jeder ein Sexshop-Fan ist und - das wollen wir nicht unerwähnt lassen - auch nicht sein muss. Schließlich hat jede Ehe/Partnerschaft ihre Qualitäten, auch wenn sich diese einer Kiez-Tippse nicht unbedingt erschließen.

Ja, das ist völlig richtig. Ich würde nichts anderes behaupten wollen. Vielleicht können wir uns darauf einigen, dass Ehe und Partnerschaft etwas mit Liebe zu tun haben sollten (und Liebe für mich persönlich etwas mit Lust) und ich es einfach außerordentlich bedauerlich finde, wenn Paare offensichtlich lieblos miteinander umgehen. Das ist alles. Für mich ist es sehr, für andere vielleicht weniger wichtig, jeder ist seines eigenen Glückes Metzger. Aber ich arbeite eben dummerweise in einem Erotikgeschäft und spätestens dort zeigen sich Paarschwächen deutlicher als bei einem Musicalbesuch schräg gegenüber, auf der anderen Seite des Spielbudenplatzes.

Warum betritt ein langjähriges Paar einen solchen Laden, wenn Spielformen von Erotik für die beiden kein Thema sind? Springt jemand mit Höhenangst Bungee vom Fernsehturm? Gehen Nichtschwimmer im offenen Meer baden? Tanzen Nichttänzer einen Tango? Der Welt ist es doch total egal, ob es jemandem gerade Mal zum Schwofen reicht oder passabler Standard das Ende der Fahnenstange anzeigt. Aber bitteschön, was wollt ihr Freudlosen dann auf einem Tango-Event und wundert euch, wenn Herr Lambi zum schmerzlichen Verriss ansetzt? Eben. Es ist einfach ein mieser Tango und wenn man selbst keinen Spaß dabei hat, tanzt man eben einfach nicht.

Aber in einen Sexshop wird gegangen. Weil er eben gerade auf dem Weg liegt und man nichts Dümmeres vorhat. Also nichts noch Dümmeres. Es ist ja nicht so, dass wir die Freudlosen hereinzerren und mit schrecklichen Sexthemen nerven würden. Nein, die verlaufen sich und schlendern dann so herum. Mit hochgezogener Nase, einem dauerhaften „tzzz"(!) auf der Zunge und Kopfschütteln. Kopfschütteln ist ganz wichtig. Wie ein Wackeldackel aus den 80ern auf der Hutablage des Opel Kadetts. Kopfschütteln zeigt: Ich bin zwar hier, aber nur zufällig. Und ich heiße nichts gut, von dem, was ich da sehe. Aber geben muss ich es mir. Bis in die letzte Ecke der letzten Abteilung. Kompromisslos! Alles! Um mit meinem Partner zum guten Schluss restlos einig zu sein, dass das alles gar nicht geht. Überhaupt nicht. Niemals. Nicht mal das Harmloseste.

Wir hatten hier in der *Boutique Bizarre* mal eine Osteraktion. Wir fanden, es wäre eine coole Idee, über die Ostertage 3.000 Tenga-Eier an unsere Besucher zu verschenken. Das sind schlichte, weiße Verpackungen aus Kunststoff, die an Überraschungseier für Erwachsene erinnern. Wenn man sie aufschraubt, enthalten sie ein weiches, sehr dehnbares Silikonmaterial, das sich – gefüllt mit Gleitgel – über den Penis streifen lässt, dann eine flauschige Länge entwickelt und sich durch die integrierten Latexnoppen wirklich enorm gut anfühlt. Ein Masturbations-Ei. Ein harmloses Spielzeug, mit dem Mann onanieren kann und dabei wirklich sehr viel Spaß hat. Es ist einfach ein anderes Gefühl als Penetrationssex und ein besseres als übliches Onanieren mit der Hand. Was übrigens alle Männer mehr oder minder oft tun. Wichsen. Schubbern, sich einen runterholen. Warum auch nicht? Onanieren entspannt. Testosteron-Wesen sehnen sich nach Entspannung. Da ist nichts Schlimmes dabei und es nimmt der Partnerin nichts. Wenn sie ein wenig Lust darauf hat, ihren Kerl mal zu überraschen und zu verwöhnen, kann solch ein harmloses Tenga-Ei sogar ein wunderbarer Anlass sein, die Dinge für ihn in die Hand zu nehmen. Sinnbildlich und real. Man bekommt keinen versauten Porno-Ausschlag davon, es macht einfach nur Spaß. Und Lust. Solange man eben nicht zu den Freudlosen gehört …

Man mag nicht glauben, wie oft uns exakt diese Freudlosen mit unseren lächelnd angebotenen Geschenken auflaufen ließen. Wohlgemerkt *im* Laden. Wir lauerten niemandem damit auf der Straße auf. Freudlose Besucher eines Erotik-Shops sind mehr oder minder vor unseren nett angebotenen Präsenten zu Ostern geflüchtet. Meine Kollegen und ich boten sie ganz nett an: „Greifen Sie gerne zu, es ist Ostern. Wir verschenken heute Eier für Erwachsene, die sehr viel Freude machen können. Aber am besten erst im Hotel in erotischer Laune öffnen. Und es ist keine Schokolade. Viel Spaß damit, auch gemeinsam."

Freudlose Besucher-Paare versteiften sich daraufhin völlig und weigerten sich, ein solch nettes Ding (verpackt!) auch nur in die Hand zu nehmen. Stattdessen wechselten sie in den Hab-Acht-Blick und winkten schon auf Distanz ab, als wären wir Zeugen Jehovas, die mit ihnen über Gott sprechen möchten. Alternativ gab es diejenigen, die vor Berührung mit dem Teufelszeug ganz genau wissen wollten, um welche Form der Pest es sich dabei handle. Hatten wir das Wirkungsprinzip des Masturbations-Eis vorgetragen, passierten exakt zwei Dinge:

Entweder die beiden checkten sich gegenseitig mit fragenden Blicken ab, um eine Einschätzung des anderen zu bekommen (und ja, durchweg waren die Männer die Interessierten) und zogen dann schnell den Kopf ein, wenn von Seiten der Gattin böse Blicke kamen …

Oder wir erlebten die berühmte Wir-Metamorphose. Die wunderhafte Verschmelzung zweier Personen zu einer einzigen. Dazu neigen Klammer-Paare an sich gerne. All diejenigen, die so unheimlich stolz darauf sind, alles gemeinsam zu machen, dasselbe zu denken, dasselbe zu tun und zu fühlen. Also vermeintlich, denn Männer und Frauen sind definitiv unfähig gleich zu fühlen und zu denken, aber manche verkaufen es sich gerne als Gemeinsamkeit und mutieren zum Monster-Wir. Das mag im Bereich der Kindererziehung noch ein respektabler Ansatz sein, außerhalb der eigenen Brutaufzucht wird es zu einer reinen Lachnummer.

Das äußert sich übrigens auch gerne im gemeinsam angezüchteten Stil. Wir-Paare gehen über die Jahrzehnte gerne eine optische Annäherung ein. Freundlich würde man ihren Style als „sportlich“ bezeichnen. In Wahrheit ist er eine ganz grausame Wahl der komplett gleichen Garderobe. Gleiches Modell, gleiche Farben, gleicher unförmiger Schnitt. Von Kopf bis Fuß im exakt gleichen Outfit, habe ich Paare kennenlernen dürfen. Bis hin zur Frisur und zur gesamten Gestik, dabei werden die Frauen immer herber oder die Männer immer weiblicher. In eine dieser Richtungen geht es immer, bis Pat und Patachon kaum mehr auseinanderzuhalten sind. Zum Weinen schön ist das, wenn das grausame Wir seine Flagge bis zur Schmerzgrenze nach Außen trägt. Diese Paare können gar keinen Sex mehr haben. Kein Mensch kann seinen geschlechtslosen Partner vögeln, das ist schlicht unmöglich. Und ja, man sieht es. Es ist offensichtlich, weil sich zu allererst die netten, liebevollen Zärtlichkeiten verabschieden.

Somit, wie sollte es anders sein, bei der furchtbar nahenden Gefahr eines geschenkten Masturbations-Eis, lautete die einstimmige Abwehrstimme der Freudlosen Wirlinge natürlich: „Oh nein! WIR BRAUCHEN SO ETWAS NICHT!“ Manche ließen das bereits gegriffene Ei auch wieder hektisch ins Osterkörbchen zurückfallen, als hätten sie sich die Finger daran verbrannt.

Äh ja. Grundsätzlich braucht das gar niemand. Aber es macht halt glücklich, ein wenig Abwechslung und Spaß ins gemeinsame Bett zu bringen, oder nicht? Muss ja nicht sein, war nur ein netter Vorschlag, andere freuen sich darüber. But *what the fuck*! Warum besuchen Freudlose dann einen Sexshop?

Ich habe einige Male den gutgelaunten Versuch unternommen, freudlosen Paaren, die kopfschüttelnd über so manches in unserem Sortiment herzogen, die Lust am Spiel zu vermitteln. Indem ich beispielweise sagte, dass vieles doch viel harmloser sei, als überzogene Fantasie glauben machte möchte. Dass lustvolles Spielen doch einfach ganz viel mit den Sinnen zu tun habe. Man kann damit experimentieren, indem man sich von seinem Partner die Augen verbinden lässt und sich sinnbildlich in seine Hände begibt. Das ist spannend. Wenn man den Sehsinn ausschaltet, erhöhen sich die anderen Sinne. Auf einmal hört man, wo sich der andere bewegt, Berührungen werden intensiver, wenn man sie nicht kommen sieht. Das funktioniert sogar mit Streicheln. Alles bekommt eine neue Intensität, eine neue Spannung, man erlebt ein kleines Abenteuer miteinander, ohne dass irgendetwas dabei auch nur ansatzweise wehtun muss. Schließlich wird der Partner nichts tun, um die Situation auszunutzen, es geht einfach nur um Hingabe, die große Schwester des Vertrauens. Eine anregende Sache für beide Seiten …

Und ich werde niemals die fassungslosen Blicke der freudlosen Frauen vergessen, weit mehr als einmal gesehen, die mich mehr oder minder offen fragten, ob ich wohl noch alle Latten am Zaun hätte. Originalzitate:

„Wie blöd müsste ich denn sein, *so* etwas zuzulassen?"

„Dann kann er ja mit mir machen, was er will!"

„In diesem Fall hätte ich ja überhaupt keine Kontrolle mehr!"

Ja, genau darum geht es bei lustvoller Sexualität: mal die Kontrolle ab- und sich selbst hinzugeben. Zu vertrauen. Neue Seiten an sich und dem anderen kennenzulernen.

Eine Kleinigkeit für Paare mit echter Intimität, die sich wirklich vertrauen. Eine lächerliche Idee für all diejenigen, die ihren Partner mehr besitzen, als lieben mögen. Und die eine Scheißangst vor seinen und den eigenen Abgründen haben. Das ersehnte Wir steckt halt nicht im selben *Jack Wolfskin*-Outfit, sondern darunter. Dort, wo es nackt wird und verdammt ehrlich.

Kein gesunder, erwachsener Mensch gibt seine Sexualität dauerhaft auf, weil er keine Lust mehr darauf hätte. Er findet nur in seinem Partner oder seiner Partnerin nicht (mehr) das begehrliche oder begehrende Gegenüber und kompensiert diese Lustlosigkeit dann eben mit anderen Dingen. Oder anderen Menschen. Oder einem *Bob der Baumeister*-Schlafanzug im Partnerlook.

Jedem sein Ding. Ich finde solche Entwicklungen einfach unheimlich traurig. Schade um eine Zweisamkeit, die in liebevoll, beide wieder ziemlich freudvoll machen könnte. Lust und Glück miteinander sind letztendlich immer eine bewusste Entscheidung, kein Zufalls- oder Schicksalsmoment. Bei aller überspitzten und spitzzüngigen Flapsigkeit dieses Kapitels: Ich würde mir einfach unheimlich wünschen, mehr Paare würden sie füreinander treffen.

5.2

Mal ganz nüchtern betrachtet: Trinkfeste & Troubleshooter

„Wo sind die Pornos?"

„Guten Abend. Dort drüben in der DVD-Abteilung."

„Was kannst du denn empfehlen? Darf dreckig sein."

„Naja, da sind die Geschmäcker ja recht unterschiedlich. Vielleicht einfach mal stöbern, dann findet sich bestimmt das Richtige."

„Ich will 'nen Tipp von dir. Was macht dich denn heiß?"

„Wir Frauen finden meist Filme gut, die auch eine Handlung haben. Wir haben hier eine Paar-Ecke, in der wir unsere Empfehlungen zusammengestellt haben. Dazu kann ich auch gerne etwas sagen. Im restlichen großen Pornobereich aber bitte selbst schauen."

„Du verkaufst hier, also will ich auch 'ne richtige Beratung."

„Wir haben tausende Produkte und über fast alles kann ich dir eine sachliche Beratung bieten. Pornos fallen nicht darunter. Bitte schau einfach selbst."

„Sag mal, du Sexshop-Schlampe! Was fällt dir eigentlich ein, mich zu duzen!?"

Was für ein Klassiker. Sie kommen selten vor, aber natürlich gibt es auch unangenehme oder sogar grenzwertige Erlebnisse mit Menschen im Sexshop. Sie gehören dazu, sie können mir meinen Spaß am Job nicht nehmen und je betrunkener sie sind, umso weniger lohnt es sich, den Disput ernst oder auch nur persönlich zu nehmen. Was die Anrede angeht, entwickelt jeder, der hier arbeitet, sehr schnell sein eigenes Gespür. Anders als in den meisten anderen Berufen, existiert in unserem Rahmen keine klare Vorgabe. Es kann sie gar nicht geben. Ein Sie steht für Höflichkeit und Professionalität, kann aber völlig unpassend sein, wenn der Mensch gegenüber gerade intimste Dinge von sich erzählt oder einen Freund auf Augenhöhe sucht, der auch private Erfahrungen preisgibt. Wir entscheiden bei jedem Kunden spontan, ob wir ihn siezen oder duzen und versuchen recht genau wahrzunehmen, mit welcher Wahl unser Gegenüber sich wohler fühlt. Oftmals machen es uns Besucher leicht, indem sie selbst die Lockerheit des Gespräches vorgeben und nicht selten wird nach den ersten Sätzen ins Du gewechselt. Logischerweise kann aber keiner, der fast unter der Gürtellinie vertraulich duzt, ein Sie zurückerwarten. Und bei „Sexshop-Schlampe" ist dann sowieso jeglicher Anspruch auf Kommunikation verwirkt. Solche Derbheiten kommen aber - wenn überhaupt - nur bei stark alkoholisierten Menschen vor. Ich kann mich nur an einen einzigen Kunden erinnern, der stocknüchtern, in Business-Dress und ganz ohne Frage außerhalb unseres Ladengeschäfts ein seriöses Mitglied der Gesellschaft, mit Beginn des gewünschten Beratungsgespräches in derbsten Jargon verfiel. Das hatte etwas von Dr. Jekyll und Mr. Hyde, wie er jede Möglichkeit dazu nutzte, Körperteile und Praktiken möglichst ordinär zu benennen. Und die ersten Minuten lieferten wir uns fast eine Slapstick-Nummer, wenn ich in meiner Antwort aus seiner vorgegebenen „Fotze" eine „Vagina" und aus „ficken" ein „kann beim Verkehr getragen werden" machte. Der Mann war definitiv nicht aufzuhalten und zog weiter so penetrant vom Leder, dass es an Peinlichkeit fast nicht zu übertreffen war. Als er schließlich bei der Wahl der Größe der Vagina-Saugschale, um die es ging, mir dreckig lachend mitteilte, er nehme eine M-Size für seine Frau und die niedliche kleine S-Size für seine Tochter, stieg ich aus der Situation endgültig aus.

Beim Lektoratsgespräch zu diesem Buch kam irgendwann die Frage auf, ob man als Angestellter in einem Erotik-Shop wohl auch Grenzen habe. Ob es Situationen gäbe, die überfordern, bei denen man trotz aller Toleranz klar auf Distanz gehe. Ja, natürlich, die gibt es. Mehr als man vermuten möchte, aber glücklicherweise kommen sie äußerst selten vor. Alles, was nicht nach Einvernehmen aussieht, und alles, was mit Kindern zu tun hat, bringt uns beispielsweise an Grenzen. Ob oben beschriebener Anzugträger mich mit seinem billigen Jargon provozieren wollte oder er ihn einfach für eine übliche Sprache an diesem sexlastigen Ort hielt, sei völlig dahingestellt. Da lässt sich viel mit Gelassenheit auspendeln. Ob als zynischer Witz gemeint oder nicht, den unsäglichen Satz mit seiner Tochter will und kann ich weder belächeln noch ignorieren. Auch wenn wir gelernt haben, dass manche Äußerungen sich nur auf Fantasien beziehen oder in einem anderen Kontext stehen: Wenn sich Themen wie Kinder, Missbrauch oder Nichteinvernehmen einschleichen, ist unsere Grenze nicht nur erreicht, sondern weit überschritten. Spezielle Einzelfälle bestätigen dennoch die Regel, wie das Beispiel eines älteren Stammkunden um die siebzig, der mich bei unserem ersten Zusammentreffen ziemlich kalt erwischte:

„Sagen Sie bitte, die Rohrstöcke, die Sie führen – welchen würden Sie mir empfehlen?"

„Naja, das sind ziemlich gemeine Schlaginstrumente. Je dünner desto schneidender, aber auch die breiteren können starke Spuren verursachen. Was haben Sie sich denn vorgestellt?"

„Er soll für eine Abstrafung sein. Sehr schmerzhaft und einprägsam. Es gibt viele Verfehlungen zu ahnden. Hose runter und scharf auf den Po. Der Zögling soll Respekt lernen und da müssen Tränen fließen."

„Interessehalber: Für wen soll er denn sein?"

„Was ist, wenn ich sage für einen Schüler? Für einen Dreizehnjährigen oder so?"

„Dann werde ich Ihnen keinen verkaufen. Züchtigung von Schutzbefohlenen ist strafbar. Beschämen Sie uns beide nicht, indem Sie anderes für richtig halten."

„Sie würden ihn beschützen und sich nötigenfalls mit mir streiten?"

„Da können Sie sicher sein."

„Dafür danke ich Ihnen sehr. Es tut gut zu wissen, dass ihm heute jemand helfen würde."

Das war ein Moment, in dem es mir kalt und schließlich warm wurde. Es bedurfte noch ein paar intensiven Blicken hin und her, wobei seine Augen feucht wurden und selbstverständlich verkaufe ich ihm seitdem ohne weitere Probleme seine gewünschten Rohrstöcke. Denn dieser Herr spielt seit Jahrzehnten einfach immer wieder seine eigene Missbrauchsgeschichte nach. Er kauft sich seinen Stock, geht damit zu einer Domina und erleidet seine Vergangenheit bewusst immer wieder neu, weil er sie irgendwann erotisieren konnte. Das ist keine typische Grundlage für BDSM-Neigungen, aber eben eine mögliche unter vielen. Zu unserem Job gehört es auch, die oft feinen Unterschiede wahrzunehmen und – gerade bei Fetischthemen – den möglichen Kontext nicht zu übersehen.

Das ist nicht immer leicht. Wer in einem Sexshop arbeitet, sollte kein Problem mit Pornos haben. Habe ich im Allgemeinen auch nicht und es ist völlig nebensächlich, dass ich über manche besonders sinnbefreiten den Kopf schüttle oder mit Kollegen auch mal darüber lache. Wenn in schlecht eingedeutschten schwedischen Produktionen solch groteske Formulierungen wie „Leck mich die Möse" oder „lass mich deine hammergeile Zange spüren" vorkommen, ist das für mich halt eher lächerlich als sexy. Nachdem Pornos nicht aktiv verkauft werden, könnten sie mir auch einfach egal sein, aber ich gebe zu, manche sind es nicht. All das Schulmädchen-Zeug, Fäkalien-Filme und ganz besonders extrem harte Bizarr-DVDs, die im Ausland (möglicherweise) unter unklaren Bedingungen produziert werden und die möglichst realen Schmerz abbilden sollen, sind mir absolut zuwider. Diese Filme - und manchmal auch ihre Käufer - berühren meine Grenzen, auch wenn ich professionell damit umgehe.

Dass stark betrunkene Wochenend-Besucher für uns wenig Spaß bedeuten, dürfte niemanden verwundern. Es nervt, wenn sie unflätig oder beleidigend werden, es nervt, wenn wir hin und wieder einmal vollgepinkelte Becher in den Umkleiden finden oder verschmutzte Wäsche zurückbekommen. Und es ist auch nicht besonders angenehm, Latexanzüge, in denen nach einer Anprobe der Schweiß steht, erst waschen zu müssen, bevor sie wieder ins Sortiment zurück können. Als bedeutend schlimmer empfinde ich es allerdings, in Situationen eingebunden zu werden, die mich fassungslos machen.

Leider mehr als einmal erlebt: Männer, die nach Tipps fragen, wie ihre Frau „unten wieder so eng wird, dass es endlich wieder Spaß bringen kann, mit ihr zu schlafen." Über den Kopf ihrer beschämten Frauen übrigens hinweg und mit einer Wortwahl, die ich nicht genauer wiedergeben möchte. Natürlich verändert sich die weibliche Anatomie durch Geburten, natürlich empfiehlt sich aus vielen Gründen eine Rückbildung der Muskulatur und natürlich gibt es dafür hilfreiche Produkte. In welch derber Form wir solche Äußerungen allerdings vereinzelt schon gehört haben, macht Kolleginnen und mich wirklich zornig.

Auf der anderen Seite treffen wir auch auf Frauen, die ihren netten, einfach interessierten Männern in aller Öffentlichkeit perverse Neigungen und krankhafte Sex-Gelüste vorwerfen. Es kann schon ein aufgeschlossener Kommentar zu schönen Dessous ausreichen, dass Partner unter Beschimpfungen aus dem Laden gezerrt werden. Solche Respekt- und Lieblosigkeiten mitzuerleben, bringt mich tatsächlich viel mehr an mein Limit, als irgendwelche Praktiken oder der anstrengende Umgang mit überdrehtem Partyvolk oder ein paar beleidigenden Suffköpfen.

Anders grenzwertig, aber souverän zu handhaben, sind Menschen, die aus ihrer eigenen Verunsicherung heraus, durch die Gänge schleichen und „Mein Gott, ist das alles krank/pervers/abartig!" rufen. Nein, das ist es nicht. Und es reicht völlig aus, darauf mit einem höflichen, aber klaren Satz zu kontern: „Ihre persönliche Befindlichkeit dazu sei Ihnen unbenommen, Ihre falsche Bewertung bitte ich Sie, zu unterlassen."

In den meisten Fällen kippt dann die unschöne Situation in eine akzeptable, da es oft einlenkende Statements Einzelner einer Besuchergruppe gibt: „Stimmt schon. Jeder, wie er mag, ist ja nichts dabei, wenn es allen Beteiligten gefällt." Erfreulich!

All solche Dinge tangieren die Grenzen von uns Menschen, die im Sexshop arbeiten. Die einen mehr, die anderen weniger. Je größer die eigene Gelassenheit, umso leichter kommt man damit zurecht. Was jeder hier sehr schnell lernt, ist die negativen Dinge grundsätzlich nicht persönlich zu nehmen. Was kümmert die Bezeichnung *Sexshop-Schlampe,* wenn man für sich selbst sehr genau weiß, wie und wo man zu den Dingen souverän steht? Da können andere Situationen, im Guten wie im Schlechten, weit mehr berühren. Eigentlich drehen sich alle verletzten Grenzen um Abwertung. Nur ist es selten die persönliche oder auf den ersten Blick offensichtliche. Dennoch an dieser Stelle nicht unerwähnt: Mehr als nur einer Kollegin ist es passiert, im privaten Bereich nach Nennung ihres Arbeitsplatzes kurzerhand als Prostituierte fehleingeschätzt zu werden. Nichts gegen Huren, aber die Assoziationskette ist nicht nur falsch, sondern zeigt bestechend deutlich, wie einfach manche Menschen beim Thema Erotik gestrickt sind. Da gibt es noch eine Menge Ressentiments. Und wie ich finde, einen ganz großen Auftrag, die Vielfalt von Sexualität und das hohe Niveau unterschiedlicher *Sexworker* immer wieder transparent zu machen.

Letztendlich sind all solch unschöne Erfahrungen allerdings Ausnahmesituationen. Wir sind erwachsen und gefestigt genug, um uns davon nicht persönlich getroffen zu fühlen. Humor und Gelassenheit empfehlen sich sehr, um einen solchen Job machen zu können und machen zu wollen. Und dafür wird man dann manchmal mit den schräg-schönsten Momenten belohnt. Unvergessen mein erster Tag und meine erste konkrete Beratungssituation. Damals steuerte eine gepflegte, Dame direkt auf mich zu und kam ohne Umwege direkt zum Thema:

„Mein Mann und ich möchten uns künftig in anal versuchen und brauchen dafür Ihre Hilfe.“

Da galt es einfach ungezwungen mit ins kalte Wasser zu springen. Ich versuchte, trotz der lustigen Formulierung ernst zu bleiben, sah aus dem Augenwinkel meinen Kollegen Jo verhalten feixen und entschied mich spontan für ein freundliches „Nun, dann wollen wir doch mal sehen, mit welchen Produkten ich Sie dabei unterstützen kann."

Gut überlegte Wortwahl kann einem hier viel retten. Im Fall der Fälle, auch den Allerwertesten.

6

Menschen wie du und ich

6.1

Von Nächstenliebe, Nachtgeistern & anderen Normalos

Eines Tages rief uns ein Mann an, der unser Haus über die regelmäßig stattfindenden Erotik-Ausstellungen in guter Erinnerung hatte. Er war wohl auf einer der Vernissagen gewesen und ließ sich zum Geschäftsführer durchstellen, um dort in souveräner Art seinen Vater anzukündigen. Dieser hätte den Wunsch, sich ein spezielles Spielzimmer einzurichten, und sei auf der Suche nach einer Fachfirma, die bei der Auswahl behilflich wäre. Der Sohn gab uns deshalb Namen, Telefonnummer sowie die Adresse eines vermögenden Hamburger Wohnviertels durch, verbunden mit der Bitte, bei freien Kapazitäten seinen Herrn Vater zu kontaktieren. Eine spannende Sache. Dabei konnte es sich entweder um einen üblen Scherz handeln, der irgendjemanden in Verlegenheit bringen sollte, oder eben um ein seriöses Anliegen. Vorgebracht mit einem Anspruch, den Menschen mit hochwertigem Geschmack und ebensolcher Brieftasche eben gerne erwarten dürfen. In solch einem Falle geht dann eben auch der Sexshop zum Kunden und nicht umgekehrt.

Ich hatte daraufhin einige Termine lang das Vergnügen mit einem etwas älteren Ehepaar, beide ebenso seriös wie freundlich und unkompliziert, die sich nach intensiver Beratung für ein sehr großes Sortiment hochwertigster Lustdinge, von Spezial-Möbeln bis zur Toy-Ausstattung, entschieden. Letztendlich haben wir den beiden auch noch den passenden Handwerker und Maler vermittelt, der Montage und Anstrich des Wunsch-Zimmers übernahm. Unbestritten ein Traumauftrag, einer in außergewöhnlicher Form und Größenordnung.

Aber eben auch ein sehr plastischer Beweis dafür, dass es wirklich keine Klientel gibt, die nicht in einem Sexshop zu finden wäre. Menschen wie du und ich, lauter gesunde, klare, unverklemmte Leute mit gelebten Partnerschaften. Keiner davon hat üblen Pornoausschlag, alle sind bei Sinnen und wenn man das böse Wort schon bemühen möchte, dann zumindest pervers glücklich mit ihrer Lust. Wenn auch oftmals heimlich.

Sex ist kein Schlüssellochthema mehr. Aber es scheint, es stehen noch so einige gut verschlossene Türen in der Gegend herum, an denen keiner freiwillig zu rütteln wagt. Also nach außen. Nach innen stehen sie so weit offen wie ein hübscher, gespreizter Frauenschoß.

Einer besonders netten Kundin dieses geheimen Bundes habe ich einen fantastischen Vormittag zu verdanken. Eine Geschäftsfrau mittleren Alters aus dem hohen Norden, die mit diversen, bedauernden Äußerungen über ihr „konservatives Umfeld" zu uns in den Laden kam und mich auswählte, ihre neue Verbündete zu werden. Ihr Mann und sie möchten erstmalig in „so einen Swinger-Club" gehen, woraus sich für sie einige Fragen ergäben. Zum einen nach dem möglichen Wo, aber auch Wie? Was habe man denn da zu erwarten, wie ginge es dort zu und vor allem: Wie sieht der Dresscode aus? Gäbe es überhaupt einen? Denn – der kritische Blick auf den eigenen Körper ist ja leider allen Frauen im Übermaß gegeben – sie würde dort keinesfalls halbnackt herumlaufen wollen, die Oberschenkel seien viel zu breit und nicht mehr so ansehnlich, wir müssten bitte tief in die Trickkiste greifen.

Das sind Beratungen, wie ich sie liebe. Wir waren sehr schnell beim Du und suchten gemeinsam im ganzen Haus die Kleidungsstücke zusammen, die ihrer Vorstellung entsprachen. In der Umkleide wurde mir das Versprechen abgenommen, unverhohlen meine ehrliche, ungeschönte Meinung abzugeben und schließlich fanden wir natürlich die perfekten Outfits für eine wunderschöne Frau, die umwerfend gerüstet auf Abenteuerkurs gehen kann.

Nun hatte ich sie allerdings nicht nur mit der passenden Wäsche, sondern auch mit einem Schwung Adressen niveauvoller, „frivoler Bars" ausgestattet, die durch ihr Ambiente besser zu ihren Plänen passen könnten als klassische Swinger-Clubs. Was sie wiederum auf die Idee brachte, sich vor dem geplanten Abenteuer mit ihrem Mann, erstmal selbst einen Eindruck einer solchen Lokalität verschaffen zu wollen. Kurz und gut: Mir hat ihr sympathisches Wesen und die Art, wie sie dieses ganze Thema für sich anging so imponiert, dass sie zum guten Schluss auch noch meine private Handynummer bekam und wir uns einige Tage später zum gemeinsamen Besuch eines Clubs verabredeten. Ganz harmlos, nur auf einen Drink an der Bar. Sie wollte einfach ein Gefühl dafür bekommen, wie es dort zugeht und wie sich die Dinge dort entwickeln können, wenn man sie denn möchte. Wir sind immer noch locker befreundet und sie und ihr Mann haben sich eine spannende, gemeinsame Lust-Welt aufgebaut.

Eine solch intensive *Start-Up-Hilfe* ist natürlich die Ausnahme und hat mit reinem Job nichts mehr zu tun. Aber manchmal passt es eben einfach menschlich so sehr, dass sich mehr entwickelt. Hätten wir uns in einem Fachgeschäft für Reitsportartikel kennengelernt, wären wir vielleicht zusammen zur Trabrennbahn gegangen. Die Dinge sind einfach, wenn man sie nicht allzu schwierig macht.

Und weil spätestens an diesem Punkt die Frage natürlich im Raum steht: Ja, natürlich wird hier hin und wieder geflirtet. Nicht unbedingt von unserer Seite aus, aber wenn Kunden oder Kundinnen offensichtlich charmantes Interesse zeigen, sind wir die Letzten, die einen kleinen Flirt nicht mitmachen. Manchmal ist das einfach ein sehr netter Spaß. Manchmal wird die Einladung aber auch fast zu offensichtlich und man rudert freundlich etwas zurück.

Ich kann mich an ein Pärchen erinnern, das aus einer professionellen **Strap-On**-Beratung am späten Nachmittag eine deutliche Einladung zu einem Dreier im Hotel machte. Nett und sympathisch, aber eben unpassend, weshalb ich gar nicht weiter darauf einging und den beiden einfach einen besonders schönen Abend in Hamburg wünschte. Witzigerweise liefen wir uns nur wenige Stunden später auf einer Party wieder über den Weg.

„Ok, ihr habt gewonnen. Zumindest die Einladung zu einem Drink nehme ich gerne an. Den kann ich brauchen. Ihr glaubt nicht, mit was für einem hartnäckigen Pärchen ich es heute schon zu tun hatte …" – es wurde noch ein sehr lustiger, unkomplizierter Abend.

Alles ganz normale, nette, harmlose Leute. Menschen wie du und ich, unaufgeregt und locker. Die überwiegende Mehrheit der Besucher eines Sexshops fällt in die Kategorie *Normalos,* was sich überhaupt nicht mit Individualität widersprechen muss. Einfach Menschen von nebenan, jeder mit seinen ganz persönlichen kleinen Kicks und Kinks, manchmal aber auch völlig überrascht von denen der anderen.

Wann immer Krankenschwestern oder -pfleger im Untergeschoss unserer *Boutique* landen, stehen sie über kurz oder lang auch in der *Weißen Ecke,* also dem Bereich, der für *Klinik-Fans* das Paradies bedeutet. Es ist hauptsächlich ein

Männer-Fetisch. Während die meisten Frauen beim Anblick von Kathetern, Klistieren & Co. lieber um ihr Leben laufen, sind viele Männer durchaus davon angetan, speziell ihre Harnröhre als erotisierbares Körperteil zu entdecken. Vielleicht weil es ein leicht umzusetzendes Masturbations-Play ist, vielleicht haben Männer ihren Penis aber auch einfach so oft in der Hand, dass die Hemmung, sich dort etwas hineinzuschieben, dem bekannt männlichen Spieldrang weicht. Ich kenne die Gründe nicht, ich laufe lieber mit den meisten anderen Frauen davor davon. Ganz im Gegensatz zu berufsmäßigem Pflegepersonal, das aus anderen, gut nachvollziehbaren Gründen in der *Klinik-Ecke* regelmäßig ins Stocken kommt:

„Puh! Man glaubt es nicht! Hast du das gesehen?"

„Mhm. Blockbare Katheter, Harnröhrenweiter, steriles Gel soweit das Auge reicht."

„Im Sexshop. Also gibt es Leute, die das geil finden?"

„Und bei uns im Krankenhaus machen sie als Patienten immer so eine große Nummer draus."

„Vor allem: Wenn ich den langweiligen Kittel trage und die Dinger lege, bekomme ich einen Hungerlohn dafür."

„Du könntest dir den Kittel in weißem Lack kaufen und Lippenstift dazu auflegen, dann bringt dir jeder Katheter vermutlich 'nen Hunni."

Ja, auch zu solchen Einsichten können Menschen wie du und ich im Sexshop kommen. Das Meer menschlicher Lüste ist ebenso weit wie tief und zugegebenermaßen schwimmen so manche dicken Fische darin. Wieder andere haben einen so entspannten Umgang mit unseren Produkten, dass selbst wir noch von ihrer liebenswerten Naivität umgeworfen werden.

Rosebuds gehören mit zu den Verkaufsschlagern der letzten Jahre. Es handelt sich dabei um kleine, sehr schicke

Edelstahl-Plugs, versehen mit einem hochwertig geschliffenen *Swarovski*-Edelstein. Ein Schmuckstück also, das aber eben an besonderer Stelle, nämlich im Anus getragen wird. Das ist gar nicht so abwegig, wie es klingt, warum sollte frau nicht einen Bereich schmücken, den der Partner beim Sex sieht? Und viele Paare haben eben viel Freude daran, dass ein solch heimliches, intimes Schmuckstück füreinander getragen wird. So weit, so schön und zur üblicherweise genutzten Verwendung. Es geht aber auch anders, wie ich von einer netten, gutgelaunten Kundin mit überwältigendem Selbstverständnis lernen durfte:

„Hallo, wo habt ihr denn die schöne Deko hingeräumt?"

„Die schöne Deko? Helfen Sie mir bitte weiter, ich verstehe noch nicht so ganz, was Sie meinen."

„Na, die hübschen Edelsteine in den schillernden Farben. Ihr hattet sie letzte Woche noch hier vorne in der Vitrine."

„Ah, Sie meinen unsere *Rosebuds*! Ja, natürlich, die liegen jetzt hier drüben. Aber das ist eigentlich keine Deko, sondern Körperschmuck. Das sind Analplugs."

„Ach wirklich? Körperschmuck? Na, sowas trägt doch keiner. Aber sie sind wunderschön, ich möchte sie als Tischdeko für ein Dinner nutzen."

Man kann mich noch überraschen. Immer noch und immer wieder. Keine Ahnung, welch nette Menschen in den Genuss des Abendessens an schöner Tafel kamen. Aber ehrlich gesagt, hoffe ich für die Dame des Hauses inständig, sie waren mit der ausgesucht edlen *Swarovski*-Dekoration nicht allzu vertraut.

Ein netter junger Typ ist auf der Suche nach Domina-Stiefeln in Größe 45. Allerdings bitte sehr günstig, sie werden nur für einen Gag-Auftritt gebraucht. Ich senke die Stimme und schicke ihn leise ein paar Straßen weiter, zum größten

High-Heel-Dealer auf dem Kiez, der sicherlich auch günstige Restexemplare hätte. Der Typ freut sich über den Tipp und macht ein glückliches Gesicht.

„Aber für alles andere kommst du wieder zu uns, ja?"

„Klar! Sowieso! Ihr seid die Besten! Meine Freundin und ich sind regelmäßig hier. Am liebsten kaufen wir die Überraschungspakete zum siebzehn Euro Schnäppchenpreis im Erdgeschoss."

„Tatsächlich? Das ist ja spannend. Ich dachte, die nehmen in erster Linie Touristen als Spaßeinkauf."

„Aber nein, wir lieben die! Es sind immer fünf unterschiedliche Sachen drin. Einmal im Monat planen wir einen sexy Abend, holen ein verpacktes Geschenk raus und egal was drin ist, DAS WIRD DANN GEMACHT!"

„Ist nicht dein Ernst, oder?"

„Doch, wenn ich es dir sage. Mal hat sie dabei mehr Glück, mal ich, aber das ist eine tolle Sache für einen Abend mit Überraschungen."

„Ok, aber da sind doch hin und wieder auch Pasta-Nudeln in Penis-Form im Paket. Was macht ihr denn dann?"

Er lacht. „Ja, das ist uns auch schon passiert. Na, wir haben natürlich gekocht. Ich die Nudeln, sie mit dem Vibrations-Ei auf kleiner Flamme bis nach dem Essen und auf unsere Kosten kamen wir anschließend noch mehrmals gemeinsam."

Chapeau! Das nenne ich Einsatz auf der ganzen Linie. Ich hätte dem jungen Mann am liebsten einen kleinen Orden für aufrechte Kundentreue verliehen.

Dass das gar keine so schlechte Idee wäre, zeigte sich kürzlich mit einer jungen Frau, die ein Gespräch zweier Kolleginnen über *Deep-Throat*-Sprays mitbekommen hatte und von uns wissen wollte, was an dem Geheimnis denn so dran sei. Das sind manchmal so die speziellen Bückware-Themen.

Produkte, die früher mal unter dem Ladentisch verkauft wurden, nach denen sich Verkäufer also bücken mussten. Die gewissen Salben, Sprays und Tinkturen, mit denen Analsex schmerzfrei, Männerorgasmen verzögert oder klitorale Empfindungen intensiver werden. All das gibt es, darunter eben auch Sprays auf Bencocain-Basis, die den Würgereflex desensibilisieren. Für die junge Frau war das der absolute Kracher. Sie genoss das offene Gespräch unter Frauen sichtlich und entschied sich dann zu einem umfangreichen Kauf mit viel nettem Geplänkel hin und her, während ihr Freund noch bei einem Latex-Shirt erfolgreich wurde.

Als die beiden schließlich gemeinsam bezahlten, stellten sie die überaus herzige Frage, ob wir denn vielleicht so etwas wie *Gummiherzen* anbieten, sie würden dann gerne direkt mit einer Karte beginnen. Unsere verdutzte Verständnisfrage wurde schnell lachend beantwortet: Na, man könne doch fast überall Treuepunkte sammeln, hier bei uns wären das dann doch vermutlich *Gummiherzen*. Herrliche Vorstellung, wir sollten vielleicht einmal darüber nachdenken, bevor noch ein Mitbewerber darauf kommt, *Orgasmus-Kärtchen* oder *Porno-Sammelbilder* für erfreuliche Kundentreue zu verteilen.

Ein junges, attraktives Pärchen steht an der Wand für Fesselzubehör und vergleicht mit angestrengten Gesichtern die unterschiedlichen Lederhandfesseln. Mein Hilfsangebot wird mit einem dankbaren Seufzen beantwortet. Puh! Ja! Wieder einmal ein paar neue Manschetten seien notwendig. Aber bitte die stärksten, die wir hätten. Irgendwas mit Super-Verarbeitung. Doppeltvernäht oder so, weil er – der kopfschüttelnde Blick richtet sich auf den leckeren Begleiter mit mächtig wohldefinierten Muckis – einfach jedes Fesselpaar nach kurzer Zeit kaputtreiße.

Ich mache einen lockeren Scherz über diesen beachtlichen Körpereinsatz und reiche ein Paar nur schwer zerstörbare *Superman*-Fesseln aus Hartleder, die zusätzlich abschließbar sind. Ja, die wären es, die sehen prima aus, das könne eine Zeit lang gut gehen. Die Dame greift nach hellem, freundlichem Schwarz, dem männlichen Kraftpaket gefallen die roten. Die gemeinsame Entscheidung fällt schließlich nach bestechend weiblicher Logik: „Rot passt nicht zum gemeinsamen Schlafzimmer."

Wieder andere suchen noch nach einer gemeinsamen, neuen Sexualität. Das wird offen ausgesprochen oder auch zwischen den Zeilen immer schnell deutlich. Mir sind diese Beratungsgespräche - gerade wenn die Frauen dabei sind - oftmals die liebsten. Weil ich weiß, dass ich darin oftmals für die beiden viel bewegen kann. Dann geht es meist um Emotionen, die zwischen den Geschlechtern manchmal nicht ausgesprochen werden und es ist toll, ihnen eine Brücke zu bauen, damit sie sich besser „verstehen können".

Einer meiner bewährten Klassiker: ein sich neu orientierendes Pärchen auf Handfesseln anzusprechen, selbst wenn sie noch gar nicht darüber nachgedacht haben. Denn um die Handfesseln geht es gar nicht wirklich.

Ein Bespiel zu BDSM: Bei fast jedem Pärchen, mit dem ich hier an der Wand mit Fesselzubehör stehe, greifen die Männer nach links zu den massiven, breiten Ledermanschetten. Die finden sie gut. Und sie haben absolut Recht damit, denn natürlich sind sie gut verarbeitet, sind gut nutzbar und haben ein prima Preis-Leistungsverhältnis. Alles richtig und super. Aber die Frauen orientieren sich - zumindest mit den Augen - nach rechts. Weil diese Handfesseln unglaublich weich, wunderschön und bei aller Praktikabilität auch zart sind. Die linke Seite impliziert ein ‚Come on babe! Jetzt machen wir SM', die rechte spricht die Sinne an und impliziert Wertschätzung und Vertrauen ins Fallenlassenkönnen. Die meisten Frauen wollen kein *SM-Babe* werden, sondern suchen sinnliche Erfahrung. Das lässt sich auf ganze viele Toys übertragen: Mit der Auswahl stelle ich die Weichen, wie leicht und gerne, oder schwer und gehemmt, sich meine Partnerin darauf einlassen kann.

Und in ganz vielen Fällen bekomme ich – gerade von den Frauen – dann eine Reaktion zurück, die mich meinen Job lieben lässt:

„Wissen Sie eigentlich, dass es mir gerade unheimlich geholfen hat, wie Sie als Frau über diese Dinge eben gesprochen haben? Ich hätte das gegenüber meinem Mann nicht in Worte fassen können, ich habe nur immer so gefühlt."

Ja, ich weiß es. Und ich setze es bewusst bei den Pärchen ein, die mir dafür offen erscheinen. Dass daraufhin auch oftmals hochwertiger gekauft wird, ist ein Nebeneffekt für den Shop, aber nicht mein erklärtes Ziel. Das ist erreicht, wenn ich zwei positive Menschen vor mir habe, bei denen ein wenig der gemeinsame Knoten geplatzt ist und die sich strahlend mit einem „Danke! Wir kommen wieder! Bis zum nächsten Mal" verabschieden. Kann man glauben oder nicht, aber *das* macht meinen und unseren Job hier sinnvoll und menschlich.

Zum guten Schluss und weil es so wundervoll zu diesem letzten Kapitel rund um *Nächstenliebe, Nachtgeister und andere Normalos* passt: Niemals werde ich ein Schweizer Pärchen, Mitte/Ende fünfzig vergessen. Durch Zufall bei uns gelandet, für geraume Zeit hängengeblieben und extrem beseelt von der großen Schuhauswahl. Sie probierte sich durch etliche verwegene High-Heels, er kommentierte liebevoll-männlich die Modelle am begehrten Bein. In sehr feinem Schwyzerdütsch, aber eben auch mit deutlich erotischem Unterton:

„Schätzli, du bisch allewyl mei' Traumfrau, aber mit dem heißen Schlapp'n holst mir den Zapfnzieher os der Hosen."

Was sie wiederum laut lachend mit einem „Bisch gschockt, eh? Dann müsse mer die chuffe!" kommentierte.

Was für ein herrliches Pärchen zum Verlieben. Stunden hätte ich den beiden zuhören können. Schließlich wurden es ein Paar hammermäßige, hohe Lackstiefel mit unübersehbarem Strass-Besatz über dem gesamten Absatz. Von dieser möglichen Wahl wäre ich im Vorfeld niemals ausgegangen. Allerdings auch nicht von der außergewöhnlichen Verabschiedung, die mir schließlich völlig ernstgemeint zuteil wurde:

„Merci vielmals, uf Widerluege. Gott segne und beschütze Sie!"

Manches erlebt man hier genau ein einziges Mal. Wiederholung definitiv unmöglich. Soll einer sagen, wir hätten sie hier nicht alle. Viele grundsympathische, aufgeschlossene Menschen. Ihre christlichen Segnungen eingeschlossen.

7

Kiezzauber! Auf der Reeperbahn nachts um halb eins

7.1

Ah! Oh! Eine Olivia-Jones-Tour durch die Nacht

Auch wenn ich mit dem Hamburger Kiez seit vielen Jahren gut vertraut bin und diesen verrückten Stadtteil sehr liebe: Meist zieht es den St. Paulianer ein paar wenige Straßenzüge weiter als den Touristen. Wir kennen so unsere heimlichen Ecken und Kneipen, die ursprünglich geblieben und uns das liebenswerte Herz von St. Pauli sind. Aber: Gute Recherche geht bekanntlich über alles. Um dieses Buch für Hamburg-Besucher rund zu machen, sollte unbedingt auch noch ein wenig Kiezzauber mit hinein. Der wirklich unterhaltsame, der lohnenswerte. Und mich persönlich würde es wirklich sehr freuen, wenn Sie vielleicht Lust haben, sich von den Tipps dieses Kapitels ein wenig inspirieren zu lassen, um ein echtes, kleines Stück des schönen St. Pauli mit nach Hause zu nehmen.

Wenn Sie Theater, Comedy und/oder Musicals schätzen, dann werden Sie von den Programmen des *Schmidts Tivoli* und des Operettenhauses begeistert sein. Keine Sorge, es gibt dort keine *Lustige Witwe*. Im Operettenhaus haut *Stage Entertainment* ein geiles Musical nach dem anderen auf die Bühne. Welches auch immer gerade gespielt wird: Gehen Sie rein, lassen Sie sich verzaubern. Auch im *Schmidts Tivoli* lohnt alles und besonders bei einem Besuch der *Heißen Ecke* kommen Sie direkt in beste Kiezlaune. Nach der Vorstellung stehen Sie dann bereits direkt auf dem Spielbudenplatz, der perfekten Abschussrampe für einen tollen Flug durch die Nacht. Ganz neu und eine echte Bereicherung für die kulturelle Seite der Reeperbahn, ist das *Klubhaus.* Neben allen möglichen Veranstaltungen hat dort das Lebenswerk von Altrocker Udo Lindenberg sein Zuhause gefunden. Spannend und interaktiv geht es dort zu, man kann sich als Gruppe durch die tollsten Videoaufzeichnungen und Konzerte klicken, mitsingen, mitspielen und erfährt ganz nebenbei noch eine ganze Menge über diese lebende Hamburger Legende. Mir ist noch kein Tourist und kein Hamburger begegnet, der nach zwei Stunden Aktion in der *Panik City* nicht restlos begeistert gewesen wäre.

Schräg rechts gegenüber auf der anderen Straßenseite leuchtet Ihnen die *Boutique Bizarre* entgegen. Sollte Ihnen dieses Buch gefallen haben, kommen Sie doch rein und erzählen Sie es mir. Sollte ich Sie dummerweise mit irgendetwas darin verärgert haben, hauen Sie es mir bitte nicht direkt um die Ohren, eigentlich bin ich eine ziemlich Nette. Kommen Sie trotzdem gerne, verschaffen Sie sich Ihren eigenen Eindruck.

Wenn Sie am späten Abend die typische Reeperbahn und vor allem die *Große Freiheit* erkunden möchten, gibt es unzählige Möglichkeiten dafür. Ballermann-Freunde auf der Suche nach Alkohol und Spaß werden überall fündig. Sollten Sie allerdings auf der Suche nach wirklich netten Etablissements sein: Ich habe mir kürzlich einen intensiven Kiezabend gegönnt. Rein zu Recherchezwecken natürlich. Das wirklich harte Los des Autorinnenlebens steckt immer in der Recherche. Erbarmungslos mutiges Überschreiten aller moralischen Grenzen inklusive.

Ich habe mir einen Abend rund um die Olivia-Jones-Aktivitäten gegeben. In erlebnisorientierter Touristenlaune, angefangen am frühen Abend mit *Olivias-Comedy-Bus-Tour.*

Auf solch ein Amüsement muss man sich ja rundum einlassen, sonst wird man zum Superidioten unter Durchgeknallten. Aber ich gebe zu: Ich hatte auch gar keine andere Chance. Nach zwei Minuten steckte unser Tour-Guide Claudio die gesamte Busladung voller Menschen in die Tasche. Mit Grölen, Klatschen und dem gesamten Mitmachprogramm, bei dem man sich kein bisschen blöde, sondern einfach nur glänzend unterhalten fühlte.

Ich werde für sehr lange Zeit im Straßenverkehr nicht mehr an links und rechts denken können, ohne dabei „OH!"- oder „AH!"-Rufe korrekt zuzuordnen. Ich habe Tränen gelacht und mit allen anderen „Rocky!" gebrüllt, als Claudio sich das graue Kapuzenshirt überzog und die herzergreifendste Szene meines Lieblings-Musicals auf den Stufen des Operettenhauses nachstellte. (Wer mein letztes Buch möglicherweise kennt, weiß, wie unheimlich wichtig Rocky's schwerster Fight für mein geschundenes Autorenseelchen ist.) Und ich habe nach 90 Minuten feiner Comedy-Unterhaltung mit dem gesamten Bus sentimental *Auf der Reeperbahn nachts um halb eins* gesungen, als wir auf dem Rückweg wieder auf die geile Meile St. Paulis einbogen. Gut gestützt von ein paar freiwillig gekippten Schnäpsen und einer wirklich coolen Truppe fremder Menschen, mit der dieses kleine Abenteuer seine 25 Euro pro Person absolut wert war.

Im Anschluss kann man - völlig autark - weiter auf die *Große Freiheit* in *Olivias Show-Club* ziehen. Habe ich natürlich gemacht, schließlich wollte ich es ganz genau wissen und ein wenig gute Club-Luft mit reichlich Tingeltangel schnuppern. Freitag- und Samstagnacht gibt es diese für einen fairen Eintritt von 10-12 Euro und völlig normalen Getränkepreisen in *Olivias Show-Club*. Der Laden ist voll und macht wirklich Spaß. Optimal um allein, mit der besten Freundin, dem Partner und sogar der Schwiegermutter hineinzustolpern und ausdauernd zu bleiben. Beste Stimmung herrscht auf der Tanzfläche des Glitter- & Glamour-Clubs und ca. alle 20 Minuten gibt es einen frischen Show-Act. Eine bunte Mischung aus Burlesque, frivol und frechen Sprüchen, ganz in Olivia Jones-Manier, auch wenn man sich nicht darauf verlassen sollte, dass sie auch an jedem Abend persönlich da ist. Eve Champagne tanzt hier und erzählt „vögelfrei" von ihrer juckenden „Oktopussy", wenn sie einen der seltenen Männer-Acts ankündigt.

Es ist einfach eine schöne Kabarett-Atmosphäre mit witzigen Einlagen. Nippel-Pasties und das letzte Höschen bleiben an oder werden geschickt von der Hand, einer Federboa oder einem Hut ersetzt. Und auch nicht ganz unwichtig: Alle Künstler verschwinden nach ihrem Auftritt nicht wieder in der Garderobe, sondern bleiben nahbar im Club. Sexy Kiezzauber zum Ansprechen und Anfassen, mit Showsternen und -sternchen auf Augenhöhe. Wer es konkreter und sexorientierter will, dürfte zu fairen Konditionen im *Dollhouse* oder in *Susis Show Bar* eher auf seine Kosten kommen. Auch Frauen sind dort übrigens erlaubte und gern gesehene Gäste, also nur keine Hemmungen, sondern immer ran an den Speck. Wer weiß, wann wir so jung nochmal zusammenkommen, die *Große Freiheit* will einfach genossen werden.

Ein paar Häuser weiter gibt es noch die *Olivia Jones Bar*. Dabei handelt es sich eher um eine Kneipe, in der neben so manchem Promi der Bär steppt und Gute-Laune-Animation zu Schlagern stattfindet. Kann man durchaus mal machen, mich zog es allerdings zu den *Wilden Jungs* gegenüber. Olivia Jones selbst sagte in einem ihrer Interviews zur Neueröffnung dieses Clubs sinngemäß und mit bekanntem *Na, ihr-Hasen*-Augenzwinkern: „Hier hat sich der Kiez emanzipiert. Nachdem früher die Reeperbahn hauptsächlich der Unterhaltung der Männer vorbehalten war, haben wir mit den *Wilden Jungs* diese Regel auf den Kopf gestellt. Eintritt ausschließlich für Frauen, die Männer haben bei uns Hausverbot."

Oh ja, denn die Bestaussehendsten sind bereits da. In der emanzipiertesten Lasterhöhle, seit es schummerige Sex-Etablissements gibt. Und die *Wilden Jungs* bieten Action ohne Pause und Atemholen, schließlich hat die Damenwelt viel aufzuholen.

Mein lieber Stripper! Ich gebe zu: Ich habe mich glänzend amüsiert und konnte der Männerquote in dieser weiblichen Führungsetage moderner Nachtamazonen enorm viel abgewinnen. Hinter der Theke stehen die normalen, hübschen Kerle, oberkörperfrei in Lederweste. Und auf der kleinen runden Bühne mitten im Raum, fahren die halbnackten Chippendale-Ableger das gesamte Programm auf. Endlich einmal Männer, die tanzen können! Und zwar Vollkontakt, Ladies. Da ist nichts mit Standard, sondern Hüfte pur und echter, scharfer Männerschweiß auf geöltem Superbody. Für die ganz jungen Frauen ist immer mal wieder ein kleiner *Justin Biber-Bad-Boy* mit Basecap und Flanellhemd dabei, aber mit solch jugendlichen Ausreißern kann frau in den besten Jahren ja verzeihlich umgehen. Die überwiegenden *Wilden Jungs* überzeugen als echte Männer mit wohldefiniertem Sixpack, einer überquellenden Testosteronladung und überaus leckeren Oberarmen.

In denen darf frau auch für ein paar Sekündchen liegen, wenn sie sich einen solchen Adonis für einen Solostrip bucht oder – mit einem zwei Dollarschein lasziv zwischen den Zähnen – an das Objekt der Begierde heranschleicht. Ja, emanzipierte Ausraster sind heute nicht mehr einem Abdruck in der *Emma* vorbehalten, es gibt sie auch im schönsten Schummerlicht-Showdown an der Bühnenkante. Und den buchen vorwiegend Junggesellinnen-Partys, um die Braut, atemlos durch die Nacht, in ihren neuen Lebensabschnitt zu verabschieden. Nachdem dieses tolle Spektakel nicht in irgendwelchen Separees, sondern mitten im Club stattfindet, kommt man als amüsierte Zuschauerin nicht minder auf seine Kosten. Sogar in 3D, auf unterschiedlichen Ebenen und außerdem macht es einfach Spaß! Ich zumindest stolperte breit grinsend erst morgens um drei aus den *Wilden Jungs* wieder heraus und wenn ich mir die Reaktionen bester Freundinnen ansehe, denen ich zwischendurch ein paar WhatsApp-Fotos meiner „arbeitsreichen Recherche-Nacht" sendete, muss ich da wohl auch „rein privat" nochmal hin.

Wer es etwas weniger sexy mag, aber gute Drinks, Live-Musik und schönes Ambiente in echter St. Pauli-Luft schnuppern mag, für den wären vermutlich am Spielbudenplatz die richtigen Adressen. *Angies Nightclub*, die *Alte Liebe*, das *Docks* oder auch alle Veranstaltungen rund um das neue *Klubhaus* sind gute Adressen für einen schönen Abend auf dem Kiez. Auch unbedingt einen Besuch wert: das St. Pauli-Museum in der Davidstraße. Das Team ist super engagiert, hat viele frische Ideen und aktuell finden dort neben der Sonderausstellung *Starke Frauen auf St. Pauli* auch regelmäßig Burlesque-Vorstellungen statt. Und auch das *Erotic Art Museum* in der Bernhard-Nocht-Straße sollten Sie auf dem Zettel haben.

Denn sie kann es schon noch, die gute alte Reeperbahn. Sie bürgt immer noch für spannende Abendunterhaltung unter Erwachsenen. Man muss nur die richtigen Plätze kennen und etwas genauer auswählen, um wirklich seinen besten Spaß zu finden. Früher war das ein bisschen anders, da warf man sich einfach hinein und war mittendrin im echten Herz von St. Pauli. Manchmal ist schon etwas dran, am glorreichen Damals und dem sentimentalen „weißt du noch?". Weshalb es zumindest hier und jetzt nochmal ein wenig glänzen dürfen sollte. Begleiten Sie mich ein paar Jahrzehnte zurück, in das pulsierende Sex-Herz der 90er. In die gute alte Zeit.

7.2

Damals. Geschichten aus der guten alten Zeit

Wenn man heute einen Zeitungsartikel über die Reeperbahn liest, sind sich alle Journalisten darin einig, dass der Kiez auf St. Pauli leider viel von seinem früheren Charme verloren hat. Und man kann es ihnen nicht verdenken, denn da sprechen sie wahr. Die Zeit hat aus der berühmt berüchtigten Meile eine andere gemacht, Udo Lindenberg besang sie damals liebevoll als „alte Gangsterbraut", heute lebt sie in erster Linie für *Ballermann-Touristen* und wartet mit billigen *Flatrate-Bordellen* auf. Ihren besonderen alten Charme hat sie leider fast verloren. Und es war wirklich eine gute alte Zeit, in der auch ihr Sex-Gesicht ein besonderes war.

Man sollte nicht vergessen, noch vor 25 Jahren galt ein Reeperbahnbummel als *en vogue*. Es gab eine Vielzahl an Varietés und Kabaretts. Damals schlenderten Männer mit ihren Frauen über die bunt beleuchtete Meile und man besuchte gemeinsam diese frivolen, aber gesellschaftlich akzeptierten Häuser. Im alten *Safari* gab es noch Live-Sex-Vorführungen. Dort holte man sich Appetit und genoss den Abend. Es wurde fein gegessen und hochwertig getrunken, das verwegene Leben zelebriert und morgens kehrte man in sein normales zurück. Wenn heute noch vereinzelt Einzelherren nach *Peep-Shows* fragen, können wir ihnen nichts mehr antworten, denn es gibt sie schlicht nicht mehr. Sie wurden verdrängt und mussten überwachbaren *Laufhäusern* weichen, die der reinen Prostitution dienen. Verstehe einer den Sinn, aber mit dem endgültigen Tod des *Safari,* dem letzten Lokal, das noch über eine Live-Sex-Lizenz verfügte, starb auch eine Ära auf der Reeperbahn aus, die wichtig und richtig war. Und nicht zuletzt für eine Form der Unterhaltung sorgte, die auch für Paare gemacht war.

Im Laufe der letzten Jahrzehnte hat sich dieser Entertainment-Charakter an den meisten Plätzen zu einem Konsum-Mix aus Billig-Sex, Billig-Alk und Billig-Unterhaltung gewandelt. Es ist schade um die *Gangsterbraut,* denn sie konnte viel mehr. Wen immer man heute von den alten St. Paulianern fragt, die Antwort bleibt stets dieselbe: Es sei familiärer gewesen früher, menschlicher, ehrlicher und vor allem vielfältiger. Da kriegen selbst deutlich in die Jahre gekommene Luden ein wenig Pipi in den Augen und erzählen von ganz wunderbaren Drehs alternativer Filmemacher, von der guten alten Zeit. (DVD-Filmtipp: „Manche hatten Krokodile" von Christian Hornung, erschienen 2016.)

Sicher gab es auch damals genug Gründe für *Mal aufs Maul,* aber irgendwo hatte es auch mehr Fairness, mehr *leben und leben lassen* gegeben. Geschlagen wurde sich in der *Ritze,* der wohl noch immer legendärsten Kult-Kaschemme mit Boxkeller. Seit Mitte der 70er Jahre gehen dort Testosteronbolzen wie Ben Becker, Heinz Hoenig, Rene Waller und Jan Fedder ein und aus. Und nicht nur die Großen wie Muhammad Ali, Eckhard Dagge, Graciano Roccigiani und natürlich auch Henry Maske, Dariusz Michalczewski und die Klitschkos standen hier schon im Ring. Fast alle Männer, die aktiv mit der Meile zu tun haben, nutzen die gute, alte *Ritze* um zu trainieren und den aktuellen Kiez-Tratsch auszutauschen. Nur, dass man dieses verwegene Heiligtum heute eben auch für persönliche Events und Firmenfeiern jeder Art buchen kann. Fast wirkt es so, als könne sich die Reeperbahn sich selbst nicht mehr leisten. Viel Urtümliches wurde verdrängt, scheiterte an den irrsinnigen Mieten, aus der aufrechten Hure ist an vielen Stellen leider auch eine billige Nutte geworden.

Ein gewaltiger Einschnitt für die Menschen St. Paulis war der Abriss der ESSO-Hochhäuser, die 2014 als angeblicher Schandfleck verschwanden. 110 bezahlbare Wohnungen, die bei dieser Aktion plattgemacht wurden, sind bis heute nicht wieder neu entstanden. Inzwischen existiert aber zumindest ein Bebauungskonzept, das auch im Sinne der Menschen auf St. Pauli sein dürfte. Es klingt zumindest vielversprechend, die Umsetzung gilt es abzuwarten.

Traditionsgeschäfte wie *Hundertmark, Schuh Blicker, Messmer* und viele andere mussten nach Jahrzehnten aufgeben, weil die Mieten mit jedem Dönerladen und jeder Saufbude leichter zu bezahlen sind. Und all diese Entwicklungen machten auch vor Kunst und Kultur nicht halt. Noch vor 20 Jahren stand das *Erotic Art Museum* am Ende der Reeperbahn, kurz vor dem Nobistor und zeigte rund 650 Collagen des verstorbenen Künstlers Friedrich Frahm, die das Lokalkolorit St. Paulis mit seinen vielen Facetten widerspiegeln. Bereits 2004 mussten diese Gunther von Hagens *Körperwelten* weichen, in denen der morbide Aufklärer seine, damals extrem umstrittenen, Leichen-Plagiate ausstellte. Inzwischen ist das Museum längst in der abseitigen Bernhard-Nocht-Straße 79 verschwunden und wird leider nur noch von wenigen interessierten Touristen gefunden.

Nicht viel anders verhält es sich mit dem legendären *Harrys Hafenbasar,* über Jahrzehnte ein St. Pauli-Original, das inzwischen in der Speicherstadt landete, aber unbedingt einen Besuch wert ist. Aus dem Nachlass *Käpt'n Haases,* der von Matrosen und Seefahrerfreunden mit Kuriositäten aus aller Welt versorgt wurde, stammen unzählige Exotika, die sich bis unter die Decken stapeln. Von Schrumpfköpfen bis zu Geistermasken und Voodoo-Puppen ist dort alles zu finden, was sich alleine mit Seemannsgarn nicht erklären, aber wovor es sich herrlich gruseln lässt.

Ohne Frage: Der Kiez hat sich stark verändert. Glücklich aufgestellt für die Zukunft war sicher derjenige, der konsequent auf Qualität und Wachstum setzte. Wer heute die Erotica *Boutique Bizarre* betritt, kommt durch eine große, helle Frontalfront ins Erdgeschoss und ist wohl zu allererst überwältigt von der Helle und Weite, dem vielen Platz, der den unterschiedlichen Themenbereichen gegeben wird.

Früher war auch hier die Stimmung anders. 1995 betrat man die Räumlichkeiten durch eine Art Seiteneingang, zumindest ging es sofort nach unten. Danach gelangte man in einen großen Raum aus weißem Marmor, eingerichtet mit Rattan-Möbeln und Unmengen an Drehständern, durch die man sich hineinwinden musste. Den absoluten Blickfang bildete ein weißer Springbrunnen mitten im ganzen Chaos. Es war gemütlich. So gemütlich und zugestellt, wie Sexshops damals alle waren. Schon früher gab es eine irrsinnige Vielfalt, nur eben in Einzelstücken und auf viel engerem Raum. Und wie es der Zeit entsprach, wurde überall geraucht. Vor 25 Jahren war auch das noch *en vogue*. Rauchen bis der Arzt kommt, *Marlboro* und *Camel* minütlich auf Lunge, der Rest qualmte in überquellenden Aschenbechern vor sich hin. Heute unvorstellbar, damals völlige Normalität.

Urige Gemütlichkeit hatte den Vorteil, dass auch Menschen gerne vorbeischauten, die sich in erster Linie unterhalten wollten. Und sie kamen. Im Sexshop trafen sich alle Kiezgrößen gerne zu einem Schwatz, Udo Lindenberg war regelmäßig mit seinen Kumpels da und auch viele Staatsmänner gaben sich die Ehre. Lokale und internationale Polit-Prominenz, auch eine ganz große Eiche deutscher Geschichte, schließlich stand die Reeperbahn für völlig normale Hamburger Abendgestaltung. Es gab einen abgetrennten, aber für jedermann einsehbaren Bereich für bekannte Nachtbesucher und die - von ihnen durchaus erwünschte - Presse. Kein Promi hat sich damals vorsichtshalber verkleidet. Jeder wollte gesehen werden.

Hinterm engen Verkaufstresen standen damals noch harte Matronen, zickige Schwule und breite Ledermänner. Der Inbegriff von SM überhaupt waren Ganzkörper-Lederoutfits. Heute trägt diese schon lange niemand mehr, man muss Lederkleidung im ganzen Haus mit der Lupe suchen, sie wurde fast vollständig vom neuen Modestoff *Wetlook* verdrängt.

Es gibt legendäre Geschichten von der ganz alten Crew, die noch in Zwölf-Stunden-Schichten arbeitete und Boni nach Umsatz erhielt. Bar auf die Kralle, da wurde nicht selten das halbe Gehalt gleich noch nachts auf der Meile wieder versoffen. Wenn man heute fragt, erzählen alle reflexhaft von Familie. Der familiäre Charakter sei es gewesen, jeder kannte jeden, Stammkunden kamen fast täglich. Eine Menge davon aus dem Rotlicht. Herr Buntstiefel, bekannter Sklave einer Kiezdomina, hätte bei seinen Besuchen regelmäßig rund 10.000 Mark ausgegeben. Selbst wenn man den Glorifizierungsfilter der guten alten Zeit über die Geschichte legen mag: Eine solche Größenordnung schafft heute nur noch vereinzelt ein Scheich.

In einem ledernen Ganzkörper-Fesselsack, festgezurrt wie eine Mumie, hätte ein Kunde damals volle drei Stunden „probegelegen“, bevor er sich zum Kauf entschloss. Auf eigenen Wunsch natürlich, aber letztendlich abgelegt wie in einer Besenkammer. Heute undenkbar, da würden viele Wenn und Aber bis hin zu Sicherheitsbedenken im Wege stehen. Damals hat man ihn halt eingeschnürt und ein wenig herumliegen lassen. Es gibt auch einzelne, grinsende Aussagen über Kollegen - schon lange nicht mehr im Haus - die sich damals den ein oder anderen Umsatz auch schon mal beherzt mit Kunden ervögelt hätten. Ja, an den familiären Verhältnissen der goldenen Vergangenheit scheint tatsächlich auch im Sexshop-Milieu etwas drangewesen zu sein.

Dass damals das Unikum Gerd, oberkörperfrei und in Jeans-Latzhose, ausgerechnet die zarte Dessous-Abteilung unter seinen behaarten Händen hatte, mag heute nur noch amüsieren. Wobei ihm der Erfolg Recht gab: Von gut besuchten und heiß begehrten Mitternachts-Shows bei Candle-Light und Prosecco erzählen die alten Geschichten, von mit goldenen Kordeln abgetrennten VIP-Bereichen, auch von schwulen Catwalks, die ihres Gleichen suchen würden.

Nun waren dies eindeutig unverschämtere Zeiten einer freien Kiez-Szene: Das große Gebäude bestand aus einer Mischung unterschiedlicher Etablissements, die nach und nach der Vergrößerung dienten. Ursprünglich mit im Haus: das ehrwürdige *Kaffeehaus Menke,* das als hervorragende Bäckerei und Konditorei die Gastronomie der gesamten Reeperbahn mitbelieferte. Direkt angeschlossen und in keinerlei Widerspruch: ein Schwulen-, später Pärchen-Kino sowie eine ominöse Saunalandschaft mit angeschlossener Kegelbahn, die wenige Jahre später zu perfekten Catwalks der Dessous-Abteilung wurden. Und eine gewaltig große *Peep-Show,* in deren Räumen irgendwann Ende der 80er die legendären *Mekka-Partys* stattfanden. Wer denkt, Metrosexualität sei eine Erfindung der heutigen Zeit, der irrt.

Bereits damals wurde genderübergreifend bei solch speziellen Events gefeiert, getrunken, getanzt und - ja - auch gefickt.

Eine nicht unerhebliche Anzahl der Sexshop-Kunden kam damals natürlich aus dem Rotlicht-Milieu, das aber bekannt offene Beziehungen zur Hamburger Lokalprominenz pflegte. Wenn die *Strenge Baronin* mit ihren Zofen den gesamten Laden einnahm, arbeiteten sämtliche Kollegen stundenlang an der Einkleidung dieser beeindruckenden Entourage, angetrieben vom laut schallenden Händeklatschen der Herrin, die ihre Mädchen damit gehörig auf Trab brachte. Unbestritten ist auch, dass das ein oder andere junge Ding dieser verwegenen Zeit, später in die „bessere Gesellschaft" einheiratete. Die strenge Baronin bewies stets Herz und zukunftsträchtigen Einsatz für ihre Mädchen.

Heute noch feuchte Augen bekommt ein fußballbegeisterter Chronist, der mich an seinen Erinnerungen teilhaben ließ. Es muss das Champions-League-Spiel 2000/2001 mit dem legendären 4:4 Unentschieden zwischen Juventus Turin und dem HSV gewesen sein, als eine bildschöne Italienerin viele Stunden in der *Boutique Bizarre* verbrachte. Sehr schön, sehr edel, stylisch und überaus verbindlich sei sie gewesen. Für rund 3.000 Deutsche Mark hätte sie damals eingekauft und keinerlei Eile dabei gehabt. Aber im freundlichen Gespräch augenzwinkernd erklärt, sie müsse sich die Zeit vertreiben, ihr Mann sei noch beim Fußball. Eine überaus charmante Äußerung einer Spielerfrau. Lassen wir offen, zu welchem Juventus Turin-Kicker sie nun gehörte, er wird sicher eine unvergessliche Siegesfeier genossen haben.

Die einen elegant, die anderen äußerst bodenständig. Wer in diesen Geschichten aus der guten, alten Zeit keinesfalls fehlen darf, ist ein skandinavischer Matrose, der in den 90ern tatsächlich eine *Seemannsbraut* im Sexshop erstand. Es gab damals diese *Taschen-Mösen* auch in *entjungferbar*, also mit einem dünnen Silikonhäutchen versehen, welches besagter Matrose am nächsten Tag als bereits beschädigt reklamierte. Nun ist dieses Problem natürlich schwer zu klären, wenn ein solches Ding eindeutig bereits vom Käufer gebraucht und äußerst unansehnlich, auf dem Tisch liegt. Nachdem ihm ein Umtausch verwehrt wurde, hatte der Mann tatsächlich die Traute, mit seinem Anliegen zur Davidwache zu gehen, um sich polizeilichen Beistand zu holen. Es muss ein groteskes Bild gewesen sein, als sich zwei hanseatische Schutzmänner, ein aufgebrachter Matrose und der Geschäftsführer unseres Hauses gemeinsam über die arg mitgenommene, deflorierte *Seemannsbraut* beugten und über ihre Zukunft entschieden.

Da mag es nicht mehr verwundern, von Klaus und Silvia zu hören. Er, ein hagerer, großer Schwuler mit perfekt inszeniertem Hüftschwung. Sie, eine hübsche XXL-Size mit ausladenden Kurven. Beide wurden vor vielen Jahren gemeinsam bei einem spontanen, nächtlichen Show-Lauf in Leoparden-Dessous und High-Heels erwischt. Leicht angeschickert während ihrer Arbeitszeit, unter viel Beifall aller anwesenden Kunden. Dass ausgerechnet in dieser Nacht ein General-Stromausfall auf der Reeperbahn stattfand, bei dem im Sinne des Notfallplans die Besucher aller Etablissements über die Notausgänge nach draußen gebracht wurden, ist nur die halbe Wahrheit der Geschichte. Stundenlang wurde nach Silvia gesucht, die wie vom Erdboden verschluckt schien. Nun geht ein entspannter St. Paulianer allerdings niemals verloren. Auch nicht auf der überraschend finsteren Meile. Silvia fand man am nächsten Morgen, selig ihren kleinen Rausch ausschlafend, in einer Umkleidekabine auf dem Fußboden liegend.

Gute alte Zeit. Fast alles aus ihr ist heute kaum noch vorstellbar. Vieles war hier vor Ort freier, Regeln wurden dazu aufgestellt, um sie mit allem Selbstverständnis wieder einzureißen. Vieles war bunter, schräger, anders. Und gleichzeitig - zumindest auf dem Kiez - völlige Normalität. Ein eigener Mikrokosmos auf 930 Metern sündiger Meile, länger ist die berühmte Reeperbahn nicht.

Aber wehe dem, der sich den selbst aufgestellten Regularien einer Erna nicht zu beugen wusste. Erna führte als ehemalige Fleischereifachverkäuferin ein hartes Regiment in ihrer Abteilung. Sie saß mit wogendem Busen unterm Hausfrauenkittel, breit aufgestützt in einer Art Glaskasten und bewachte mit Argusaugen ihr Sortiment. Ich selbst war damals noch als Kundin unterwegs und hätte im Traum nicht daran gedacht, irgendwann Jahrzehnte später selbst einmal in diesem Laden zu arbeiten. Nichts wäre mir absurder erschienen, aber das Leben spielt eben die verrücktesten Karten aus. Denn damals, Anfang der 90er, brachten mein Liebster und ich Erna zur Schnappatmung, als wir für eine Party in Lack aufgedresst, frisch verliebt und überschwänglich knutschend im Sexshop-Keller standen. Mittendrin im Porno-Chaos, zwischen gewaltigen Fisting-Fäusten, aufblasbaren Gummipuppen und Mösen-Leck-Lollies. Erna musste wohl einen ziemlich schlechten Tag gehabt haben, als sie uns mit einem entsetzt prustenden „DAS GEHT JETZT WIRKLICH ZU WEIT!“ aus einem der schamlosesten Kiezkeller warf und - man mag es nicht glauben - ein ernsthaftes Hausverbot aussprach.

Das, nun ja, bekanntlich nicht allzu große Wirkung zeigte. Dennoch: Erna war eine Institution und mit ihren Aktionen war nicht zu spaßen. Es gibt Kollegen, die davon berichten, sie hätte einmal einen Ladendieb, groß, breit und körperlich nicht zu unterschätzen, kurzerhand mit einem Riesendildo vermöbelt.

Damals. In der guten, alten Zeit. Als Verkäuferinnen im Sexshop noch Hausfrauenkittel trugen, sich Beate Uhses *Ehehygiene-Artikel* zu Lust-Toys wandelten, Massagestäbe endgültig nicht mehr für verspannte Nackenpartien eingesetzt und aus Kiez-Szenen homogene Gesellschaftsschichten wurden. Jahrzehnte an Befreiung, Normalisierung und Wandlung sind seitdem vergangen.

Wir alle über fünfzig waren dabei. Und haben, gewollt oder ungewollt, ein nicht unerhebliches Kapitel über Lust und Sexualität der Deutschen im 21. Jahrhundert geschrieben. Was wir davon offen zeigen und was wir uns als Geheimnis bewahren, ist uns überlassen. Nicht mehr und nicht weniger, als wie wir leben und wie wir lieben. Gestern, heute und bitte auch noch möglichst lange, in ein lustvolles Morgen.

Um von der „guten alten Zeit" kommend noch einen Blick in die Zukunft zu werfen: Kurz bevor dieses Buch in den Druck ging, berichtete *Die Welt* in einem Artikel von Bernhard Sprengel, dass aktuell erstmalig in Deutschland eine breit angelegte Studie zum Sexualverhalten der Deutschen stattfindet. Mancher wird sich vielleicht noch an den Kinsey-Report aus den USA erinnern, der Ende der 40er Jahre entstand und jahrzehntelang weltweit für Aufsehen sorgte. Anders als in fast allen westlichen Ländern, gab es bisher keine vergleichbare, repräsentative Studie aus Deutschland.

Nun soll sich das mit 5.000 ausgewählten Teilnehmern zwischen 18 und 75 Jahren endlich ändern. Das dreijährige Forschungsprojekt zur Gesundheit und Sexualität in Deutschland (GeSiD) wird von der Bundeszentrale für gesundheitliche Aufklärung gefördert und von Peer Briken, Chef des Instituts für Sexualforschung und Forensische Psychiatrie am Uniklinikum Hamburg-Eppendorf, durchgeführt.

Die Wissenschaft möchte also wissen, was in unseren Betten, auf Küchentischen und in Clubs intim so abgeht. Erfreulich, denn die Ergebnisse sollen dabei helfen, Präventions-, Vorsorge- und Versorgungsmaßnahmen im Bereich der sexuellen Gesundheit zu entwickeln, die zur heutigen Zeit auch passen. Nicht nur das Risiko sexueller Krankheiten ist in den letzten Jahren wieder gestiegen. Unser aller Umgang mit Sexualität hat sich seit der Generation unserer Eltern stark verändert. Er ist freier geworden, wir erlauben uns, unsere intimen Wünsche deutlicher auszuleben. Und das ist gut so, denn erstmalig berücksichtigt diese deutsche Studie auch die Definition der Weltgesundheitsorganisation (WHO). Diese spricht sich explizit dafür aus, dass sexuelle Gesundheit voraussetzt, eine positive Haltung zu sexuellen Beziehungen zu entwickeln und jeder die Möglichkeit benötigt, angenehme und sichere sexuelle Erfahrungen zu machen. Frei von Zwang und/oder Diskriminierung. Und all diese Formulierungen beinhalten eben auch den Schutz vor Bewertung unterschiedlicher Praktiken. Dass die WHO beispielsweise den Diagnoseschlüssel ICD-10 (BDSM und Fetischismus) Anfang 2018 gestrichen hat, wenn kein persönlicher Leidensdruck vorhanden ist, liest sich unheimlich trocken. Das ist aber ebenso revolutionär, wie längst überfällig. Diese Streichung bedeutet nicht weniger, als dass auch diese Neigungen zu gesunder Sexualität gehören, wenn man sie in sich spürt und gerne ausleben möchte.

Man darf also gespannt sein, welche repräsentativen, intimen Erfahrungen der Bevölkerung diese aktuelle deutsche Studie nun hervorbringen wird. Schließlich handelt es sich dabei nicht nur um einen heimlichen Blick in Nachbars Schlafzimmer, sondern um einen gesellschaftlichen Status quo.

Wie leben und lieben wir? Wie tolerant, wie bewusst und frei oder auch distanziert und verschämt, stehen wir unterschiedlichen Praktiken gegenüber? Wie nahe kommen wir - an unsere ganz persönliche - sexuelle Gesundheit heran, die eng mit unserem allgemeinen Wohlbefinden verbunden ist?

Wir leben in einer stark, teilweise übersexualisierten Welt - und dennoch scheint es oft noch eine Herausforderung zu sein, unserer eigenen Lust und unseren Beziehungen mit Offenheit zu begegnen. Als ich mich entschied, dieses erste Buch aus einem Sexshop zu schreiben, war ich mir anfänglich nicht sicher, ob Menschen und Medien *dort draußen* wirklich schon reif dafür sind. Aber mit jeder verfassten Zeile, weit über lustige Anekdoten hinaus, wuchs auch die zweite Ebene des Inhalts ganz von allein.

Heute bin ich mir absolut sicher: Es kommt genau zur richtigen Zeit, in eine Gesellschaft, die bereit dafür ist. Danke fürs darauf Einlassen, liebe/r Leser/in.

7.3

Sie wirken doch durchaus intelligent. Wie kommen Sie denn ausgerechnet zu solch einem Job?

Wie jede Zeile in diesem Buch, ist auch diese Frage nicht ausgedacht, sondern stammt aus dem ganz realen Leben im Kundenkontakt. Sie war sehr nett und positiv ausgesprochen, aber sie impliziert natürlich auch, dass es mit der Bildung von Menschen, die freiwillig im Bereich Erotik arbeiten, nicht allzu weit her sein kann.

Mal abgesehen davon, dass es in jedem Berufsbild Kluge und Doofe gibt, was in erster Linie viel mit Engagement und Sozialkompetenz zu tun hat: Um in einem Job wie dem unseren zu arbeiten, benötigt man beides. Aber natürlich ist es auch völliger Unsinn, in einem - letztendlich völlig normalen - Einzelhandel ein Auffangbecken für gescheiterte Existenzen zu vermuten. Ich bin mir sehr sicher, dass kaum einer meiner Kollegen und Kolleginnen in einem herkömmlichen Sexshop arbeiten würde. Wir mögen den Stil unseres Hauses und die Form, wie wir dort erotische Themen transportieren können. 1.400 qm auf zwei Ebenen, ganz ohne dunkle Ecken und Billig-Interieur, bieten unbestritten einen Rahmen, der Lustvolles mit einem Gesicht zeigt, für das auch wir unser Gesicht gerne hergeben. Rund dreißig Angestellte in Vollzeit, das ist schon eine Hausnummer. Und diese werden auch benötigt, denn wir arbeiten im Schichtsystem. Jeden Tag des Jahres, von 10 Uhr vormittags bis 2 Uhr nachts. Erotik auf der Reeperbahn kennt keine Sperrstunde.

Es ist ein großer Fehler zu glauben, Sex außerhalb des eigenen Schlafzimmers wäre ordinär und billig. Nur mit diesem Blick könnte man sich letztendlich über Intelligenz im Erotikfachhandel wundern. Viele meiner Kollegen haben Abitur, etliche ein Studium. Wenn ich mich umschaue, sehe ich Journalisten, Künstler, Designer, Leute aus dem klassischen Einzelhandel, Dekorateure, Fotografen, Bühnenmenschen, alleinerziehende Mütter, medizinisches Fachpersonal, selbst einen Sommelier haben wir zu bieten. Was uns verbindet, ist die Lust daran, nicht unbedingt in gesellschaftlich genormten Berufen zu arbeiten. Eine solche Entscheidung gegen Konventionen macht sehr frei und für Freigeister zählt dies eben mehr, als die sichere, aber manchmal auch stagnierende Wirkung eines klassischen Lebensmodells. Ganz nebenbei hält Unkonventionalität jung. Keinem meiner Kollegen würde man das wahre Alter ansehen, alle wirken jünger, als sie sind. Toleranz scheint eine straffende Wirkung für die gesamte Körpersymmetrie zu haben. Und Bänker-Outfits erhöhen eben nicht notgedrungen den Sympathiewert. Individualität gehört in Jobs wie dem unseren zur Glaubhaftigkeit.

Logischerweise bringt jeder, der in einem Erotikfachgeschäft arbeiten möchte, zumindest einen Bezug zu Erotik, zu Toys, zu schöner Wäsche und lustvollen Dingen mit. Und je spezieller die Abteilung, für die sie/er sich bewirbt, umso spezieller sollte auch ihr/sein Background in diesem Bereich sein. Fachwissen zu Marken, Lieferanten, Produktlinien und Neuheiten wächst ganz schnell, wenn man sich mit der Materie beschäftigt, aber wenn ich BDSM & Fetisch verkaufen möchte, dann muss da natürlich auch mein eigenes Herz drinstecken. Eigene Erfahrungen machen den Fachverkäufer aus, sonst würde er ja wie ein Blinder von unterschiedlichen Farbpaletten sprechen.

Dennoch amüsiert uns die beliebte Frage „Nutzen Sie das ALLES auch selbst!?" immer wieder sehr. Vieles, ja sicher. Jeder nach seinen ganz persönlichen Vorlieben. Wer für den Latexeinkauf zuständig ist, sollte eine Beziehung zum Material haben, wer Schlagwerkzeuge ordert, sollte alle Unterschiede in Einsatz und Empfindung auch selbst kennen und lieben. Aber es wäre doch abstrus zu glauben, wir würden nach unserem normalen Arbeitstag jeden Abend ein wahres Session-Feuerwerk mit Ganzkörper-Bondage abfackeln oder morgens frisch erotisiert direkt vom Andreaskreuz kommen. Wir tragen auch keine Klammern unter dem Shirt oder masturbieren auf der Angestellten-Toilette. Es ist und bleibt seltsam amüsant, in einer Firma zu arbeiten, deren Computer unbeschränkten Zugang zu Sexseiten bieten, aber für Ebay, Amazon & Co. gesperrt sind. In sich völlig logisch, da wir - wie jeder andere Angestellte auch - Arbeitszeit nur mit arbeitsrelevanten Recherchen verbringen sollen. Für den einen sind dies eben die aktuellen Steuergesetze, für den anderen Produktvideos zu der neuen Generation an G-Punkt-Vibratoren. Mancher beneidet uns sehr um diese Internetfreiheiten, für uns ist das völlig normaler Alltag.

Vielleicht besteht ein nicht unerheblicher Trick bei diesem Job darin, durch ihn weder ein dauernasses Höschen, respektive einen Ständer, zu bekommen, noch eine mentale Hornhaut zu entwickeln und gelangweilt abzustumpfen. Das gelingt, wenn man ein möglichst großes Selbstverständnis zu seiner eigenen Sexualität mitbringt. Wenn man sich nichts mehr mit ihr beweisen muss, wenig daraus unerlebt, aber vieles bewusst sehr lustvoll gewählt ist. Wenn sie weder jagt noch versteckt, sondern besteht. Lustvolle Fantasie und sexuelle Gelassenheit sind schöne

Schwestern der Intelligenz. Vielleicht schließt sich genau hier der Kreis.

Um also zur Ausgangsfrage und der vereinzelt noch existenten Klischee-Schublade zurückzukehren: Ja, ich wirke und bin – ebenso wie meine Kollegen – durchaus intelligent. Ich habe mich in meinem Leben immer wieder verändert und als Buchhändlerin, Verlagsvertreterin und selbstständige Redakteurin gearbeitet. Seit einigen Jahren veröffentliche ich nun als freie Autorin und bin hier in der *Boutique Bizarre,* neben meinem Front-Job in der Fetischabteilung, auch für den gesamten Social-Media-Bereich zuständig. Wenn man so möchte, bin ich die Stimme des Hauses nach außen. Ich sammle Eindrücke und Geschichten, spinne Ideen und plane Aktionen. Dennoch nicht unerheblich zu wissen: Dieses Buch ist ein freies Autorinnenprojekt zwischen mir und dem acabus Verlag, keine Zeile davon ist gekauft, gesponsert oder von Firmenseite in irgendeiner Weise redigiert worden.

Ich mag einfach die Menschen hier und schreibe über sie. Vor und hinter dem Verkaufstresen. Ich mag den Kiez, weil er unverfälscht alles zeigt, was ist. Auch das, was viele Menschen nicht so gerne sehen wollen. Ich mache meinen Job genau hier, weil er mir unglaublich viel Freiheit und einen gewaltigen Blick über den Tellerrand schenkt. Ich bin ein lustvoller Mensch und der absoluten Überzeugung, dass lustvolles Leben etwas sehr Positives und Erstrebenswertes ist. Etwas, für das es sich einzustehen lohnt, auch wenn dafür so manche Sexshop-Klischees miterlebt werden müssen.

Was man gerne tut, tut man gut. Mit Engagement und Leidenschaft entwickeln sich Dinge fast von allein. Es gibt weitaus schlechtere Möglichkeiten, seinen Arbeits- und Lebensinhalt zu gestalten.

Deshalb arbeite ich hier. Deshalb existiert dieses Buch und deshalb haben all die lustigen, bewegenden, schamlosen und unverschämten Geschichten nun einen Platz gefunden. Es wäre einfach viel zu schade, hätte sie keiner aufgeschrieben. Und notfalls übernimmt diesen Job dann eben auch irgendein intelligent wirkender Mensch, aus irgendeinem Sexshop.

Eine(r) musste ja.

Glossar

WTF?! – Eine amüsante Erklärungshilfe zu den Fachbegriffen im Buch

Harness (S. 30)
Ein ziemlich hottes Fetisch- oder SM-Outfit, bestehend aus miteinander verbundenen Riemen, meist in Leder- oder auch aus Latexmaterial. Erinnert ein wenig an Kirk Douglas als römischer Gladiator in seiner besten Zeit. Manche bedecken nur den Brustkorb, Ganzkörperharnesse verschönern den gesamten Oberkörper und führen Riemen dann auch durch den Schritt. Bei den Modellen für Männer ist meist auch ein (Cock-) Ring für den Penis integriert.

Spielhalsband (S. 30)
Für SM-Liebhaber hat das Halsband eine große Bedeutung. Manche werden als eher schmale Schmuckhalsbänder gefertigt, die mit einer schlichten Andeutung des O-Rings auch gut in der Öffentlichkeit getragen werden können. Spielhalsbänder dagegen sind oft aus breitem, gepolstertem Leder und verfügen über einige starke D-Ringe, an denen Fesselungen angebracht werden können. Also ein auffälliges Halsband mit hohem Nutzwert für konkrete BDSM-Spiele. Ich habe aber auch schon einmal einer völlig begeisterten Dame solch ein Halsband für ihren Rottweiler verkauft. Seitdem weiß ich, dass massige große Hunde und ein durchschnittlich trainierter 1,85 m großer Mann ungefähr denselben Halsumfang besitzen.

Bdsm-Seminare (S. 31)
Was durch manche Köpfe lapidar als „Sadomaso“ spukt und dabei eine gruselige Assoziation zu völlig abgefahrenen Sexpraktiken wecken soll, heißt korrekt BDSM (Bondage/Discipline/Sadism/Masochism) und versucht damit die vielen unterschiedlichen Elemente bestmöglich abzubilden. Kaum eine davon wird so heiß gegessen wie gekocht

und hat nur wenig mit den Schauerbildern derer zu tun, die sie verteufeln. BDSM-Liebhaber agieren unter der Prämisse „safe, sane and consensual", also „sicher, einvernehmlich und mit gesundem Menschenverstand". Dazu benötigt es nicht nur eine Menge Hingabe, Vertrauen und Psychologie, sondern logischerweise ist es auch enorm sinnvoll, sich mit dem Einsatz unterschiedlicher Praktiken vertraut zu machen. Das klappt mittelprächtig, indem man beispielsweise seine Treffsicherheit mit Schlaginstrumenten erstmal am Sofakissen übt. Die bessere Variante stellen Seminare dar, in denen man kurzweilig und informativ eine Menge zu den eigenen Wunschpraktiken erfahren und üben kann. Glücklich sind hier wieder einmal die Hamburger: In der *Boutique Bizarre* finden regelmäßig BDSM-Seminare von Matthias T.J. Grimme und seiner Partnerin Ropecat statt. Die machen nicht nur Spaß, sondern geben sehr viel Sicherheit beim persönlichen Einstieg. Wer mag, kann sogar, selbst professionell in Seile verknotet, bei einer „Japanischen Hänge-Bondage" das Fliegen üben.

KEUSCHEITSKÄFIGE (S. 37)

Frauen würden sich wundern, wie viele Männer sich liebend gerne ihr bestes Stück „wegsperren" lassen möchten, wenn dies wiederum einem erhöhten Kopf-Kick dient. Keuschheitskäfige gibt es somit in zahlreicher Menge, in unterschiedlichen Materialien, Größen und Ausstattungen. Das Prinzip ist immer ebenso einfach wie funktional: Der Penis bekommt eine Art Gitter, das mit einem Ring hinter den Hoden fest verschlossen wird. Ein Steckmechanismus mit kleinem Vorhängeschloss, der eine Erektion ab sofort verhindert. Nur über die Schlüsselgewalt muss man sich noch einig werden.

Flogger (S. 39)
Oftmals ist in diesem Buch von einem Flogger die Rede, was einfach daran liegt, dass er ein perfektes Schlagwerkzeug für BDSM-Einsteiger ist. Gemeint ist damit eine mehrschwänzige Peitsche, meist bestehend aus vielen Lederriemen. Je mehr breite, weiche Riemen davon da sind, umso angenehmer ist die Wucht, die sich damit erzeugen lässt, ohne Spuren zu hinterlassen. Je dünner und härter die einzelnen Riemen, um so „bissiger" die Wirkung. Ein Flogger ist einfach gut zu dosieren und deckt ein spannendes Spektrum an Empfindungen ab, ohne irgendjemanden ernsthaft verletzen zu können. Will ja keiner. Schlagen soll Lust machen.

Bondage-Tape (S. 39)
Bondage ist die schöne, große Welt der Fesselungen. Es gibt eine Menge Fesselzubehör aus unterschiedlichsten Materialien wie Baumwoll- oder Hanfseile, Ledergurte etc. *Bondage Tape* dagegen ist ein ebenso einfaches wie einfallsreiches buntes PVC-Material, das an eine Paketbandrolle erinnert. Allerdings haftet es nur an sich selbst, verklebt weder Körper noch Haare und kann ganz einfach wieder abgelöst werden.

Milf (S. 39)
Geilstes Pornoenglisch für *Tinder*-Experten und Sexhopper, das manche vielleicht auch aus dem Film *American Pie* kennen. Gemeint ist damit eine ältere, attraktive Frau, auf die explizit jüngere Männer sexuell abfahren. Die konkrete Übersetzung „Mum I'd like to fuck" kann man sich einmal zum Verständnis geben, vergisst sie aber am besten sofort wieder. Bringt ja keinen wirklich weiter, ne?

Bullwhip (S. 41)
Toy aus der schönen, großen Welt der Schlaginstrumente. Und die sind an dieser Stelle nicht musikalisch gemeint. Neben den Klassikern wie Gerten, Gürteln, mehrschwänzigen Peitschen (Floggern), breiten Paddeln etc. gehört die Bullwhip zu den geflochtenen, einschwänzigen Peitschen. Hat fast jeder schon mal in einem Western gesehen, wenn coole Cowboys eine Bullenherde damit auf Trab bringen. Für den SM-Einsatz am Menschen ist Fingerspitzengefühl und eine gehörige Portion Respekt ratsam. Und durch die Länge von 1,50-4,0 Metern braucht man eine Menge Platz zum Üben. Wer damit zielgenau ein paar Kidneybohnen-Dosen trifft, darf sich auch an einem freiwilligen Po versuchen.

Spekulum (S. 41)
Kennt jede Frau als Edelstahl-Gerät beim Gynäkologen. Es dient der sanften Öffnung der Vagina zu Untersuchungszwecken. Neugierige Hobby-„Ärzte“ können sich manchmal nicht im Schoß der Geliebten sattsehen. Die werden dann im Sexshop fündig, wo ihnen das passende Modell in unterschiedlichen Größen - allerdings nicht auf Krankenschein, sondern mit 100% Selbstbeteiligung - angeboten wird.

Wartenbergrad (S. 42)
Noch ein sogenanntes *Klinik-Spielzeug*, das eigentlich aus dem normalen Medizinhandel stammt. Ein sich drehendes Rädchen am Griff, das durch seine spitzen Enden Nervenenden stimuliert. Sieht gefährlich aus, ist aber harmlos. Jeder Bandscheibenpatient wurde damit schon mal „gerollert“, um zu erkennen, ob die Nervenbahnen im Bein noch ausreichend leiten. Mit verbundenen Augen und einem gewissen Überraschungseffekt kann es dann natürlich spannender werden.

Stromgeräte (S. 42)
Manche Leute stehen auf intensivere Reize, wie sie beispielsweise Strom erzeugen kann. Da dieser nicht aus der Steckdose kommt, sondern über handelsübliche TENS-Geräte aus dem medizinischen Bereich eingesetzt wird, ist diese Spielart ungefährlich. Lediglich Menschen mit einem Herzschrittmacher sollten sie sich verkneifen, außerdem darf nicht direkt über das Herz geleitet werden. TENS-Geräte werden mit einer Menge Zubehör für die unterschiedlichsten Körperstellen angeboten. Die Empfindungen reichen dabei von einem leichten Prickeln, Britzeln, nadeligem Stechen bis hin zu deutlichen Schlägen. Nicht jedermanns Play, aber es schmeckt ja auch nicht allen Rosenkohl.

Penispumpen/Vakuum-Toys (S. 47)
In der Physik beschreibt man ein Vakuum als die Abwesenheit von Materie in einem Raum. Im Sextoy-Bereich stellen wir Einsteins kluge Welt ein wenig auf den Kopf und vergrößern mit Vakuumpumpen eine Menge Materie. Vakuumpumpen können nicht nur auf dem Penis, sondern auch auf der Vagina, den Brüsten, Brustwarzen oder Klitoris und Hoden eingesetzt werden. Durch das Absaugen der Luft vergrößern sich diese Körperstellen für eine kurze Zeit beträchtlich und werden somit empfindsamer. Unter Wunschtraum fällt die Idee, damit beispielsweise dauerhaft den Penis zu vergrößern. Richtig ist allerdings, dass Vakuum-Toys unter anderem gegen Wechseljahresbeschwerden vorbeugen und Vaginaltrockenheit verschwinden lassen können. In erster Linie ist diese Spielart aber einfach anregend und spielt mit neuen Reizen.

Cockringe (S. 48)

Ein ebenso schmückendes wie wirksames Sextoy für den Mann, von dem auch die Frauen etwas haben. Cockringe gibt es beispielsweise aus Edelstahl, sie umschließen Hoden und Peniswurzel in einem und werden im nicht- oder halberigierten Zustand angelegt. Vergrößert sich die Erektion, kann das Blut nicht mehr so leicht abfließen und wird im Penis gestaut. Mann kann also länger, ausdauernder und fühlt sich dank berstendem Penis wie die Superhelden aus seiner Porno-Comic-Sammlung. Ein weitverbreiteter Irrglaube ist, dass nur Männer mit Erektionsproblemen auf Cockringe zurückgreifen. Aber ohne Frage können sie für Ü50er eine große Hilfe darstellen und dem geliebten Kerl das Wissen zurückgeben, dass er auch körperlich der tolle Hecht bleibt, der er immer war und bitte auch bleiben möchte. Empfehlenswertes Paar-Toy!

Transgender (S. 73)

Bei den drei T's wird unbedarft immer viel vermischt und fehlinterpretiert, dabei sind die Unterscheidungen elementar. Transgender ist die richtige Bezeichnung für alle Menschen, die im falschen Körper geboren wurden und sich dem anderen Geschlecht zugehörig fühlen. Da gibt es nichts zu verlachen, auch das Argument „sich doch einfach nicht so anzustellen" ist völlig daneben und macht Transgendern ihren langen, anstrengenden Weg über psychologische Tests und Hormoneinnahme bis hin zu einer geschlechtsanpassenden OP sehr schwer. Sie sind weder Freaks noch fehl-, über- oder quersexualisiert, sondern haben wie jeder Mensch einfach den Wunsch, dass Körper, Geist und Empfinden zusammenpassen.

Transvestit (S. 73)

Die Abkürzung „Transe" wird oft als unnötiges Schimpfwort instrumentalisiert. Was für blanke Dummheit spricht, denn Transvestiten sind einfach Männer, die gerne Frauenkleider tragen. Davon gibt es im Übrigen gar nicht so wenige. Die meisten tun dies heimlich im stillen Kämmerchen und finden dort auch ihren sexuellen Spaß an der Sache. Eine eigentlich harmlose Sache, tut keinem weh, bedrängt keinen Außenstehenden, warum also etwas beschimpfen, was einen überhaupt nicht tangiert?

Travestie (S. 73)

Die buntesten Paradiesvögel der T-Gruppe finden sich im Bereich Travestie und somit auch meist auf den Glitzerbühnen dieser Welt wieder. Travestiekünstler (alternativ: *Dragqueens* oder *Drags*) schlüpfen in Rollen, überzeichnen mit Bravour und schenken uns eine fantastische Show, in der sie Gendergesetze aushebeln. Sie beweisen, dass die schärfsten Beine nicht unbedingt nur die Damen haben. Und wenn sie die Tonnen an Make-up ablegen, die sie für ihre Verwandlung benötigen, kommen wieder die ganz *normalen* Männer zum Vorschein, als die sie üblicherweise ihren Alltag leben.

Womanizer (S. 83)

Ein Frauen-Sexspielzeug der neuesten Generation, das sich in seiner Wirkung komplett von allen anderen unterscheidet. Der *Womanizer* übt keine manuelle Reizung wie Vibratoren aus, sondern wird über die Klitoris gestülpt und stimuliert mit reinen Druckwellen. Damit bringt er selbst Frauen, die sich schwer damit tun, einen Orgasmus zu erleben, zu ungeahnten Höhenflügen. Ein Supertoy, dem man höchstens vorwerfen könnte, dass er zu schnell für eine gesteigerte Lustkurve funktioniert. Am besten auf kleinster Stufe anfangen und langsam steigern.

Brustsauger (S. 83)

Brustwarzen gehören zu den verflixt erogenen Zonen unseres Körpers, die sich unheimlich gerne stimulieren lassen. Nur manchmal fehlt leider der Partner dafür oder er hat gerade weder Mund noch Hand frei. Dann leisten Brustsauger ganz wunderbare Dienste. Es gibt sie als einfache Aufsätze, die über die Nippel gestülpt werden und wenn man über den angebrachten kleinen Gummiball ein Vakuum herstellt, zaubert der erreichte Sog ziemlich gute Gefühle, die einer Verwöhnung durch den Partner doch recht nahe kommen. Kleines, harmloses Ding, positive Wirkung. Wer bei dem Begriff Brustsauger fantasiereich an eine Melkmaschine oder ähnliches dachte: Hut ab! Da schlummert fetischistisches Potential in Ihnen.

G- und A-Punkt-Vibratoren (S. 83)

Holy Shit! Wie viele erogene Zonen soll es denn noch geben? Na, bevor frau das Handtuch wirft, sollte sie die beiden Lümmel G und A aber unbedingt noch suchen, denn im Großen und Ganzen verfügt unsere Vagina über vergleichbar wenig Nerven. Der G-Punkt liegt ca. 3 cm tief, leicht gekrümmt Richtung Bauchdecke. Er hat eine etwas raue Oberfläche und sorgt für besondere, neue Empfindungen. Wer sich noch ein Stückchen weiter wagt, findet kurz vor dem Muttermund den berüchtigten A-Punkt. Der bedankt sich bei starker manueller Reizung mit einem Superorgasmus im Wet-Format. Will heißen, frau kann damit *squirten*, also eine überraschende Menge an Flüssigkeit *abspritzen*.

Das Geheimnis liegt im schambefreiten Loslassen, weshalb viele Frauen (& Paare) diese Glückspunkte erst sehr spät finden. Die Suche lohnt sich aber durchaus und man kann sie natürlich mit speziellen A- & G-Vibratoren und -Pulsatoren unterstützen.

(Eichel-)Dilatatoren (S. 86)

Dilatatoren meinen eigentlich nichts anderes als Gerätschaften, mit denen sich Körperteile dehnen lassen. Im Erotik-Shop seines Vertrauens findet Mensch in den meisten Fällen Harnröhren-Dehner. Manche liegen mit einem Ring nur auf der Eichel auf und haben einen kurzen Stift, andere erinnern an ganz großes *Besteck* und erreichen den Blaseneingang. Das klingt etwas *spooky*, ist es für die meisten Menschen auch, aber was will man machen? Bevorzugt Männer sind als bekannte Spielkinder sehr für diese Praktiken zu begeistern.

Steriles Gleitgel (S. 86)

Nicht weil es blutig wird, sondern einfach um Blasenreizungen und Harnweginfekte zu vermeiden, sind sterile Gleitgele die erste Wahl beim Einsatz von Dilatatoren und Kathetern. Mir ist aber auch schon ein sehr betagter Kunde begegnet, der seit 65 Jahren schelmisch auf Spucke schwört. *Never stop a running system*, auch wenn sich Robert Koch seufzend im Grab herumdreht. Wir machen nur sinnvolle Angebote, es ist Ihr Körper.

Nummerierte Plastikschlösser (S. 111)

Und weil die Sextoy-Industrie immer schnell und nah auf die Bedürfnisse reagiert, gibt es beispielsweise für Vielflieger, Piloten und Business-Hengste natürlich auch einen

Ersatz zum Vorhängeschloss, damit jeder unerkannt durch den Safety-Check kommt. Einmalschlösser sind aus Plastik und müssen zerschnitten werden, um aus dem Keuschheitskäfig stiften zu gehen. Und weil die Dame des Hauses sich darauf verlassen möchte, nicht ausgetrickst zu werden, sind diese durchgängig nummeriert. Will heißen, dieselbe Nummer ist nicht nachzukaufen. Niemals! *Never*! Denn genau das ist ja der Spaß an der Sache: dass es einfach kein Entkommen aus dem heimischen Lügendetektor gibt. *Jedem Tierchen sein Pläsierchen,* auch wenn es hinter Gitter möchte.

PETPLAY (S. 114)

Manche Leute schlüpfen gerne in Tierrollen. Hunde, Katzen, Pferde sind beliebt, aber es wird sicherlich auch irgendeinen Menschen auf der Welt geben, dem es Freude macht, sich als Wombat oder Kakadu eine Auszeit zu nehmen. Wer jetzt vorschnell an Sodomie denkt und die Backen plustert, der darf sich bitte wieder entspannen. Petplayer haben nicht Sex mit Tieren, sondern werden gerne selbst zu welchen. Das ist ein himmelweiter Unterschied. Und weil es sich mit Hundemaske, nachgestellten Pferdehufen oder einem fluffigen Katzenschwänzchen einfach glaubwürdiger bellen, traben und schnurren lässt, liebt der Petplayer einiges an Zubehör rund um den heimischen Fressnapf.

STRAP-ON (S. 159)

Man kann auch *Umschnall-Harness* dazu sagen, aber Strap-On klingt einfach etwas sexier. Eine Art schicke Gürtel- oder Riemenkonstruktion um den Unterleib, in der ein spezieller Strap-On-Dildo eingesetzt wird. Im besten Fall sitzt dieser dann genau an der richtigen Stelle, um den Partner oder die Partnerin damit zu vögeln. Ja, auch geschlechterübergreifend. Immer mehr Paare kommen auf den Geschmack. Die Frauen können auch mal ihre aktive Seite ausleben und etliche Männer entdecken ihre Lust daran, sich auch einmal *nehmen zu lassen.* Wenn man so etwas wie einen Trend im Erotikhandel ausmachen kann, dann fällt der Strap-On eindeutig darunter.

Die Autorin

© BabetteOpunkt

Candy Bukowski (geb. 1967) bemerkte zu spät, dass sie gerne Dramaturgin geworden wäre. Weshalb sie schließlich Buchhändlerin, Verlagsvertreterin, freie Redakteurin und Autorin wurde. Heute lebt sie sturmerprobt in ihrer Wahlheimat Hamburg. Sie schreibt, ebenso messerscharf, wie amüsant und literarisch, unter ihrem Pseudonym, das ihr mittlerweile zur zweiten Haut geworden ist.
Im Broterwerb arbeitet sie als Social Media Fachfrau in der Boutique Bizarre, dem größten Fetisch Kaufhaus Europas. Mitten auf der Reeperbahn, im Herzen von St. Pauli, verbindet sie ihre Begeisterung für lustvolle Lebensentwürfe mit dem täglichen Beweis: Ja! Es gibt intelligentes Leben im Sex-Shop und der Wunsch nach einer „neutralen Tüte" gehört in dieselbe.

Weitere Titel im acabus Verlag

Candy Bukowski

Wir waren keine Helden
Roman

ISBN: 978-3-86282-693-3
228 Seiten, Paperback

„Wir waren keine Helden“ ist ein Coming of Age Roman, startend in den 80ern am „Arsch der Welt“, wo für Sugar mit dem Punker Pete, später auch mit Luke und Silver, Beziehungen für ein ganzes Leben beginnen.

Eine rasante Reise durch das Reifen, Erwachsenwerden und Erwachsensein in vielen Etappen, oft im Grenzgang, immer auf der Suche nach stimmigen Antworten. Wieviel Freiheit, wieviel Beständigkeit verträgt ein Leben? Wie sehr können wir Entwicklungen wählen, wie oft wählen sie uns? Und woher nimmt man den Mut, nach einem Fullbodycheck immer wieder aufzustehen?

Candy Bukowski legt mit ihrem Romandebüt das Leben und Lieben auf den Seziertisch. Wild, mutig und schonungslos setzt sie das Messer an und bringt dabei mit leichter Hand und geschliffener Sprache eine Menge Tiefe zum Vorschein.

Olli Gastronomicus Riek

Ist das Gemüse auch vegan?
Die lustigsten Restaurant-Erlebnisse eines Kellners

ISBN: 978-3-86282-602-5
272 Seiten, Paperback

Kulinarische Fauxpas, hochnäsige Empfangschefs, unverschämte Gäste und absurde Bestellungen: Dieses Buch versammelt die komischsten Dialoge, Weisheiten, Tipps und Rankings aus 15 Jahren Gastronomieerfahrung des Hamburger Kellners und Stand-Up-Comedians Olli Riek.

Ein Blick hinter die Kulissen – mal lustig, mal zum Fremdschämen, immer unterhaltsam!

Olli Riek ist seit 15 Jahren in der Gastronomie tätig. Er liebt seinen Beruf, er mag seine Kollegen, er schätzt seine Gäste – aber manchmal ist es mit seiner Fassung vorbei:

Gast: „Wir würden gerne morgen zu viert bei Ihnen essen."
Kellner: „Das tut mir leid, morgen haben wir Ruhetag."
Gast: „Das ist ok, wir sind ganz leise."

Unser gesamtes Verlagsprogramm
finden Sie unter:

www.acabus-verlag.de
http://de-de.facebook.com/acabusverlag

acabus